귀뚜라미의 치유

귀뚜라미의 치유

톤 텔레헨 소설 | 정유정 옮김 | 김고둥 그림

arte

차례

이상한 기분

어느 초여름 날 아침이었다. 귀뚜라미는 집 앞 잔디밭에 앉아 생각했다. 나는 만족스럽다, 난 기쁘고 만족스럽다.

태양은 빛나고 있었고, 하늘 가장자리에서는 작고 흰 구름들이 낮게 떠다니고 있었다.

귀뚜라미는 몸을 뒤로 젖히고 눈을 감은 채 머릿속에 가장 먼저 떠오른 것을 귀뚤귀뚤 부드럽게 노래했다.

하지만 그는 갑자기 머릿속에서 이상한 것을 느꼈다. 이전에 한 번도 느껴본 적이 없는 것. 무미건조한 것. 그런 이상한 것이 머릿속에 온통 가득 차 있었다.

귀뚜라미는 울음을 멈추고 귀를 쫑긋 세웠다. 주변은 고요했다.

그 이상한 것은 소리를 내지 않았다. 삐걱거리지도, 윙윙거리지도, 으드득거리지도 않았다. 때로는 머릿속에서 무언가 삐걱거리고 눈 뒤 어딘가에서 윙윙거리거나 으드득거리는 느낌이 들었는데 그런 기분은 늘 들었던 것이라서 한 번도 이상하게 여겨본 적이 없었다.

그는 머리를 두드리며 말을 걸어보았다. "이봐!" 아무 소리도 나지 않았다.

그는 그것이 뭔가 무거운 감정이라 생각했다. 머리가 평소보다 두 배나 무겁게 느껴지는 게 오롯이 그 감정 때문일 것이라고 생각했다.

그는 눈살을 찌푸리며 헛기침을 해보았다. 아무것도 달라지지 않았다. 그래서 하늘 높이 뛰어올라 머리를 흔들어보았다. 여전히 아무것도 달라지지 않았다. 그는 소리도 쳐보았다. "오 그래", "오 안 돼……", "옳지옳지". 하지만 그 이상한 기분은 여전히 이상한 기분이었다.

그것이 꽉 박혀 고정돼 있다는 생각이 들었다. 그는 잠시 가만히 앉아 귀 뒤를 문지르며 하늘을 올려다보았다. 그는 그것이 확고한 감정이라고 생각했다. 바로 그거야. 그는 정확히 알지는 못했지만 확고하다는 게 무엇인지 대략 알 것 같았다.

그는 앞다리에 머리를 기대었다. 어쩌다 그런 감정이 머릿속에 자리를 잡았을까? 하고 그는 생각했다.

그는 주위를 둘러보았다. 덤불 속에는 눈에 띄지 않게 가만히 흘

귀뚜라미의 치유

어져 있다가 곧장 그의 머릿속으로 돌진해 들어올 감정들이 더 많을지 몰랐다. 하지만 그중엔 특별해 보이는 것이 없었다. 게다가 지금의 감정이 너무나도 커서 다른 감정은 끼어들 자리도 없었다. 그렇다고 그것을 두려워할 필요는 없다고 그는 생각했다.

그는 집 앞 잔디밭에 아무 말 없이 앉아 있었다.

커다랗고 확고한 감정, 하고 그는 생각했다. 누군가 집에 오면 이렇게 말해야겠다. "안녕 다람쥐, 개미, 코끼리, 또는 누구든! 내 머릿속엔 커다랗고 확고한 감정이 있어." 그들은 귀뚜라미를 이상하게 쳐다볼 것이고, 그는 이내 큼직한 몸동작으로 하늘을 바라보며 이렇게 말할 것이다. "이를 어쩐담……"

그 감정이 이마 안쪽에서 힘껏 밀기 시작했다. 썩 좋은 느낌은 아니었다. 그는 고개를 숙이고 땅을 바라보았다.

확고한 감정

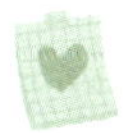

땅을 내려다보는 귀뚜라미는 매우 심각해 보였다. 커다랗고 확고한 그 감정이 머릿속에 자리 잡더니 눈 안쪽에서 밀고 있었던 것이다. 아야, 그는 생각했다. 오랫동안 다른 아무 생각도 나지 않았다.

아침이 끝날 무렵 개미가 지나갔다.

"안녕, 귀뚜라미야." 그가 인사를 건넸다.

귀뚜라미가 고개를 들고 말했다. "안녕 개미야. 지금 나한테 뭐가 있는지 아니? 머릿속에 말이야, 커다랗고 확고한 감정이 자리 잡고 있어."

개미는 눈살을 찌푸린 채 꼼짝 않고 귀뚜라미를 바라보았다. 귀뚜라미는 하늘을 올려다보면서 "그게 말이야……" 하고 속 시원히 말하고 싶었지만 그렇게 할 수 없었다. 대신에 그는 "정말이지 그게

뭔지 모르겠어" 하고 말했다. "삐걱거리지도 않고 윙윙거리거나 귀
뚤대지도 않아. 하지만 너무 무거워."

개미는 그의 주위를 몇 바퀴 어슬렁거렸다.

귀뚜라미가 물었다. "너는 감정에 대해서 좀 아니?"

"그럼." 개미가 말했다. 그는 자신이 모든 종류의 감정에 대해 알
고 있으므로 분명 그 커다랗고 확고한 감정도 알리라 생각했다.

귀뚜라미가 물었다. "그럼 그게 뭘까?" 그의 진지한 눈빛에서 잠
시 빛이 났고, 그 감정도 잠시나마 조금은 가벼워진 것 같았다.

개미가 말했다. "잠시 천천히 걸어봐."

귀뚜라미는 집 앞의 높이 자란 잔디밭을 잠시 터덜터덜 걷다 돌
아왔다.

"그래서?" 귀뚜라미가 물었다.

"슬픈 감정이야." 개미가 말했다. "너는 우울한 거야."

귀뚜라미가 물었다. "우울이라고?"

"응." 개미가 말했다. "우울."

"하지만 난 행복한걸!" 귀뚜라미가 외쳤다.

"아니야." 개미가 말했다. "넌 행복하지 않아. 넌 우울한 거야. 그
건 머릿속의 그 감정 때문이야. 그것이 행복한 감정이었다면 넌 행
복했겠지. 하지만 그건 우울감이니 너는 우울한 거야."

　　　　　　　　　　　　　　　　　　　귀뚜라미의 치유

해는 이미 하늘 높이 떠 있었고 멀리 포플러나무 꼭대기에서는 개똥지빠귀가 노래하고 있었다.

귀뚜라미는 눈을 질끈 감고 머릿속의 그 감정을 들여다보려고 해 봤다. 하지만 아무것도 보이지 않았다.

개미가 말했다. "자, 이제 난 가봐야겠어." 그는 귀뚜라미에게 인사를 하고 숲으로 걸어 들어갔다.

귀뚜라미는 그를 쫓아가며 외쳤다. "하지만 어떻게 그럴 수가 있지? 내 말은……." 그는 뭐라고 더 외치고 싶었지만 무슨 말을 해야 할지 몰랐다.

개미는 제 어깨 너머로 소리쳤다. "모든 건 가능해"라느니 "누구나 문제 하나쯤은 있는 존재"라느니. 그는 먼 곳과 오늘과 발견에 대해서 뭔가를 말하며 버드나무 저편으로 사라졌다.

귀뚜라미는 꼼짝 않은 채 고개를 저었다.

그 낯선 감정이 으르렁거렸다. 하지만 더 이상 그것은 낯선 감정이 아니었다. 그건 우울감이었다. 커다랗고 확고한 우울감. 난 그래서 우울한 거구나, 귀뚜라미는 생각했다.

코끼리 나무

코끼리는 너무 작아서 떨어질 수조차 없는 나무에 올라야겠다고 생각했다.

그는 숲속을 걷고 있었다. 이른 아침이었다. 그가 지나가는 덤불 잎에는 이슬이 맺혀 있었다. 해가 떠오르고 있었다.

잠시 후 그는 들쥐를 만났다. "안녕, 들쥐야." 코끼리가 말했다.

"안녕, 코끼리야." 들쥐가 말했다.

"물어보고 싶은 게 있어." 코끼리가 말했다. "주변에 혹시 작은 나무를 알고 있니?"

"응." 들쥐가 말했다. "어쩌다 보니 아주 작은 나무를 알고 있지." 그는 들떠서 방방 뛰고는 앞장을 섰다. 그는 "멀지 않아, 코끼리야" 하고 반복해 외쳐댔다. "다 왔어!"

숲 가장자리에 가까워지니 탁 트인 곳이 나왔다. 들쥐는 그 자리에 멈추어 어딘가를 가리켰다. "짜잔" 하고 그가 말했다.

코끼리는 들쥐가 무엇을 가리키는지 잘 보이지 않았다. "뭐가 있는데?" 그가 물었다.

"저기 저 나무." 들쥐가 말했다.

"아무것도 안 보이는데." 코끼리가 말했다.

"저기……." 들쥐가 말했다.

"아직도 안 보여……." 코끼리가 중얼거렸다. 그는 들쥐가 가리키는 곳 근처에 납작 엎드렸다. 그제야 나무가 보였다.

"정말 작지?" 들쥐가 말했다.

"정말 그렇네." 코끼리가 말했다. 그는 이렇게 작은 나무는 본 적이 없었다. 그 나무에서 떨어진다는 것은 그에게 매우 어려워 보였다.

"자, 그럼." 그가 앞발을 문지르며 말했다. "잘 봐."

"좋아." 들쥐가 말했다. 그러고 잔디밭에 가 앉았다.

코끼리는 어딘가에 발을 올려놓고 긴 코로 어디를 어떻게든 휘감아보려고 했다. 하지만 나무가 너무 작아서 아무것도 할 수 없었다. 그는 뺑뺑이를 돌고, 비틀거리고, 얼굴이 붉어지고, 숨을 내뿜고, 나무 대신 자기 코를 몇 번이나 오르기까지 하더니 외쳤다. "들쥐야, 정말 작긴 작구나!"

“천천히 해봐.” 들쥐는 뒤로 기대어 눈을 감고 풀잎을 씹으며 말했다.

코끼리는 한참을 분주하게 굴었다.

“정말 특별한 나무인 것 같아.” 코끼리가 말했다.

“응, 아주 특별해.” 들쥐는 반쯤 졸면서 말했다.

마침내 코끼리는 성공하는 듯했다. “됐다!” 그가 외쳤다. 그는 네 발을 모으고 코로 휘감아 나무를 다리 사이에 놓았다. 이제 균형만 잡으면 된다고 생각했다.

“도와줘!” 그가 외쳤다.

“뭐라고 했니?” 들쥐가 말했다. 얼굴로 유유히 쏟아지는 따뜻한 햇살에 들쥐는 숲속 한가운데의 커다란 탁자에 자기만을 위해 놓인, 버드나무 껍질을 얹은 달콤한 호밀 파이를 떠올리고 있었다.

바로 그때, 코끼리는 뒤로 넘어져버렸다. 낙하 거리는 짧았지만 꽤 큰 타격이었다. 그가 눈을 뜨니 들쥐가 앞에 서 있었다.

“작긴 작지?” 들쥐가 말했다.

코끼리는 고개를 끄덕이긴 했으나 아무 말도 하지 않고 자리에서 일어났다.

둘은 함께 숲으로 돌아갔다.

코끼리는 “나무가 조금만 더 컸더라면 문제없었을 텐데” 하고 말

했다.

"오." 들쥐가 말했다.

"그렇다고 너무 더 큰 건 말고." 코끼리는 말했다.

"아무렴." 들쥐가 말했다.

코끼리는 한숨을 내쉬었다. "나무는 너무 복잡해" 하고 그는 말했다.

들쥐는 고개를 끄덕였다.

"복잡하고 피할 수 없는 존재랄까." 코끼리는 말했다.

그들은 참나무에 다다랐다. 들쥐는 코끼리에게 인사를 하고 가던 길을 떠났다. 여전히 달콤한 호밀 파이가 머리에서 떠나지 않아 그는 무의식적으로 좀 더 빨리 걷기 시작했다.

코끼리는 그 자리에 서서 하늘을 올려다보았다. 태양은 빛나고 있었고 참나무 잎들은 바스락거렸다.

사라져!

귀뚜라미는 자기 집에 들어가 방을 한참 동안 왔다 갔다 했다.

그러니까 그건 바로 우울감이구나, 그는 생각했다. 머릿속에 우울감이 들어 있어. 그는 그것에 대해 자랑스럽게 여기고 싶었다. 하지만 자랑스럽기는커녕 우울하기만 했다.

잠시 후 그는 탁자에 앉아 팔에 머리를 얹고 엎드렸다.

그는 우울감에 대해 생각했다. 그것이 무엇인지 정확히는 모르지만 뭔가 나쁜 것이라는 건 알고 있었다.

그는 우울감이 어디에서 왔을까 밝혀보려 했다. 우울감을 보거나 들은 적이 한 번도 없었으니까. 사막에서 왔을 수도 있고, 아니면 가본 적이 없는 전혀 다른 곳에서 왔을 수도 있다고 그는 생각했다. 예를 들어 달 같은 곳이라든지.

"혹시 달에서 왔니?" 그는 커다란 소리로 물었다. 돌아오는 답은 없었다.

어쩌면 눈에 보이지 않는 감정일 수도 있겠다고 그는 생각했다. 하지만 보이지 않는다면 어떻게 무거울 수가 있을까? 그의 생각에 따르면 그건 불가능한 것이었다.

머릿속을 들여다볼 수만 있다면 그것이 무엇인지 알 수 있을 텐데, 하고 그는 생각했다. 커다랗고 으르렁대는 확고한 그것. 생각들이 머릿속 감정의 전후좌우를 왔다 갔다 하기도 하고 그 속을 비집고 다니기도 했다. 내 생각들은 별로 할 말이 없나 보다, 귀뚜라미는 생각했다. 오, 아니라고? 생각들이 동시에 짖어댔다. 너흰 말이 없잖아!

귀뚜라미는 한 발짝 뒤로 물러섰다. 그런데 그것은 무엇일까? 그는 답을 찾아내고 싶었다. 그리고 나는 누구일까? 하지만 그 순간 우울감이 어딘가를 크게 걷어찼다. 마음을 가다듬자, 하고 귀뚜라미는 씁쓸하게 생각한 다음 더는 아무 생각도 하지 않았다.

잠시 후 그의 눈에서 눈물이 났다. 눈물은 천천히 그의 빰을 타고 흘러 탁자 위로 떨어졌다.

그래, 하고 그는 생각했다. 그는 매우 슬퍼지는 기분이었다.

그는 자신의 머리가 크고 무거운 돌처럼 느껴졌고, 그걸 제대로 지고 있지 않으면 그것이 마치 경사면을 타고 굴러 내릴 것 같았다.

지고 있어야 해, 지고 있어야 한다고, 라고 그는 생각했다. 경사면 아래에 무엇이 있을지 모르는 까닭이었다. 그는 침대에 누웠지만 잠이 오지 않았다. 천장을 올려다보니 천장이 화가 난 눈으로 그를 노려보는 것 같았다.

우울감이 머리 옆을 쾅쾅 때렸다. "나오고 싶다고?" 귀뚜라미는 물었다. "문제없지! 말만 해. 눈을 통해서? 코를 통해서? 귀를 통해서? 입을 통해서? 방법은 많아!"

그는 눈을 감고 눈앞의 우울감을 바라보았다. 그것이 마치 귀에서 검은 진흙 덩이를 짜내는 듯했다. 아야, 그는 생각했다.

그는 다시 눈을 떴다. 아무 일도 일어나지 않았다. 우울감은 계속해서 난동을 부렸다. 나올 생각이 없군, 귀뚜라미는 생각했다. 그것은 다른 이유들로도 난동을 부리고 있었다. 하지만 그 이유가 무엇인지 귀뚜라미는 알 수 없었다.

그는 일어나서 앞뒤로 걸어보았고, 다시 탁자로 가 앉았다가, 밖으로 나가 풀밭에 누웠다가, 일어나 다시 안으로 들어왔다. 정말 확고하구나.

내 그럴 줄 알았지…… 하고 그는 생각했다. 그는 자신의 머리를 세게 내리치며 "사라져!" 하고 외쳤다. 하지만 돌아온 것은 자신만

넘어져 더듬이에 멍이 들고 이마에 혹이 생기는 것뿐이었다.

우울감은 무엇에도 아랑곳하지 않는 것 같았다.

                                                                 귀뚜라미의 치유

망가진 것

해가 지고 귀뚜라미는 지쳐 있었다. 그는 창문 옆 의자에 앉아 밖을 내다보았다. 옅은 황혼에 참나무 꼭대기는 여리게 바스락거렸고, 하늘 높은 곳에서는 제비가 여전히 빠르게 날아 지나갔다.

우울감은 머릿속에 확고하게 자리 잡고 있었다.

귀뚜라미는 달콤한 풀 줄기가 담긴 병을 집어 들었다. 무언가를 먹어야 한다는 생각이 들었다. 하지만 그는 풀 줄기를 하나도 입에 대지 않았다. 모조리 상한 것 같아, 그는 생각했다.

그는 고개를 절레절레했다. 망가진 건 나야, 그는 생각했다. 상하고 망가진 건 그 풀 줄기가 아니야. 그건 숲 전체에서 가장 맛있는 풀 줄기라고. 그래, 내가 망가진 거야.

"참 고맙구나, 머릿속의 우울감아." 그는 속삭였다. "이토록 맛있는 식사를 하게 해주다니."

그는 잠시 생각에 잠겼다. 어쩌면 그런 속삭임도 그만둬야 할지 모른다는 생각이 들었다. 그 감정이 화가 되면…… 화의 감정과 우울감, 그 둘을 모두 담기에는 내 머리가 너무 작아. 그러면 난 산산이 부서져버릴 거야.

순간 어쩌면 그게 최선일지도 모른다는 생각이 머릿속을 스쳤고, 그러자 그는 다시금 몸을 떨며 생각했다. 안 돼, 화가 나면 안 돼.

그는 뱃속이 비어 약간 울렁거렸지만 아무것도 먹을 수 없었다. 그는 달콤한 풀 줄기가 담긴 병을 도로 찬장에 넣었다.

밖을 내다보니 하늘에 반짝이는 별들이 보였다. 마치 그 별들이 눈을 콕콕 찔러대는 듯 눈물이 뺨을 타고 다시 흘러내리고 있었다.

울고 싶지 않아! 그는 생각했다. 그 우울감이나 울릴 것이지, 내가 아니라.

그는 다시 집 안을 둘러보았다.

이제 완전히 캄캄했다.

귀뚜라미는 침대에 누웠다. 그는 추웠지만 담요는 덮지 않았다. 도대체 왜일까, 하고 그는 생각했다.

천장을 올려다보니 천장이 또 어둠 속에서 자신을 노려보는 것 같았다.

그는 베개로 얼굴을 덮어버렸다. 아무도 나를 볼 필요 없잖아, 그는 생각했다. 특히나 내 집 천장은.

그는 밤새도록 베개 밑에 얼굴을 묻고 그렇게 누워 있었다. 자는 것 외에는 아무것도 원치 않았다. 잠들기 위해서 누군가의 무릎을 잡고 애원해야 한다면 무릎을 잡고 애원했을 것이다. 하지만 주위엔 아무도 없었다. 그는 혼자였고 잠을 잘 수 없었다.

모든 게 다 내게 달려 있구나, 그는 우울하게 생각했다. 모든 게 다 내게 달려 있어.

담즙벌레

한밤중에 귀뚜라미 집 문이 열렸다. 귀뚜라미는 감히 움직일 용기가 나지 않았다. 곁눈으로 누군가 안으로 들어오는 것이 보였다. 누굴까? 그는 생각했다. 혹시 나쁜 존재일까? 완전 나쁜 존재? 그런 존재가 있다고 들은 적은 있었지만 실제로 본 적은 없었다.

귀뚜라미는 잠시 머뭇거리다 물었다. "거기 누구세요?" 쉰 목소리가 나왔다.

그 정체불명의 존재는 주위를 둘러보더니 귀뚜라미의 침대를 들어 그 아래를 들여다보고, 찬장을 열어보고, 설탕에 절인 민들레 꽃병을 집어 들어보고, 탁자에 앉았다. "담즙벌레야." 그가 말했다. 그러고는 잠시 기다렸다. "담즙벌레라고." 날카로운 목소리로 그가 인사를 재촉했다.

“안녕, 담즙벌레야.” 귀뚜라미가 작은 소리로 말했다.

“옳지, 네가 그렇게 인사할 줄 알았어.” 담즙벌레가 말했다.

잠시 침묵이 흘렀다.

그러다가 귀뚜라미가 말했다. “나는 귀뚜라미야.”

담즙벌레는 아무 말도 하지 않고 민들레 꽃병을 다 비운 후 창가로 가 섰다. 그러고 칠흑 같은 밤을 내다보았다.

귀뚜라미는 그에 대해 들어본 적이 없었다.

“여기엔 왜 온 거니?” 귀뚜라미가 물었다.

담즙벌레는 목을 가다듬고 아까와 같은 날카로운 목소리로 말했다. “너무 즐거워, 담즙벌레야. 이런 뜻밖의 방문이라니 너무 즐겁다.”

귀뚜라미는 “나는……” 하고 말을 시작했지만 그 이상은 무슨 말을 해야 할지 몰랐다.

담즙벌레는 노래하기 시작했다. 그것은 주먹질과 경멸에 관한 날카롭고 시끄러운 노래였다. 전등이 앞뒤로 흔들리고 벽이 삐걱거렸다.

귀뚜라미는 머릿속이 우울한 데다 지금은 한밤중이라고 이야기할까 생각했지만 그 노래를 방해하지는 않았다.

드디어 노래가 끝났다.

“박수 고맙군.” 잠시 깊은 침묵이 흐른 후 담즙벌레가 말했다. “고맙다니까.”

"나는……." 귀뚜라미는 다시 한 번 무언가를 말하려 했다.

"춤출까?" 담즙벌레가 물었다.

그가 침대로 다가가 귀뚜라미를 일으켜 세웠다.

"난 지금 우울해." 귀뚜라미가 말했다. "머릿속에 우울감이 있어."

"그게 뭐 중요해?" 담즙벌레가 말했다.

그의 뜻을 이해하지 못한 귀뚜라미는 첫 번째 스텝을 밟자마자 무릎을 꿇고 말았다. 머릿속의 우울감이 그만큼 무거운 탓이었다.

담즙벌레는 그를 일으켜 세워 침대 밑에 마구 패대기쳤다.

"넌 춤을 정말 잘 추는구나, 담즙벌레야." 그가 말했다. "고마워!"

그 순간 담즙벌레는 탁자, 의자, 찬장을 엎어버리고 선반에 있던 모든 물건을 한 번에 쓸어 바닥에 내동댕이쳤다.

"약간의 혼란은 최소한의 예의지……." 그는 중얼거렸다.

그런 다음 그는 문 앞으로 가서 다시 한 번 주위를 둘러보았다.

"방문해줘서 즐거웠어, 담즙벌레야." 담즙벌레는 날카로운 목소리로 말했다. "아, 별것 아닌데 뭘, 귀뚜라미야……" 하고 그는 어두운 목소리로 덧붙였다.

미안해! 하고 귀뚜라미는 침대 밑에서 외치고 싶었다. 정말 미안해! 하지만 목소리가 전혀 나오지 않았다.

담즙벌레는 밖으로 나가 어둠 속으로 사라졌다. 문을 열어두어서, 어두운 밤바람이 계속해서 문을 쾅쾅 닫았다 열었다 했다.

귀뚜라미는 침대 밑에 누워 일어나지 못했다.

우울한 방문이었어, 귀뚜라미는 생각했다. 그는 스스로에게 끄덕끄덕해보려고 노력했다. 한번 우울하니 모든 것이 우울해, 그는 생각했다.

그는 눈을 감고 앞발로 무릎을 감싸안았다. 허리는 금이 가고 머리에서는 톱질과 드릴질이 계속됐다. 대체 넌 거기서 뭐 하는 거야, 그는 생각했다. 그는 지금처럼 슬펐던 적이 한 번도 없었다.

친절한 나무

코끼리는 버드나무 아래 서 있었다. 이른 아침이었다.

"버드나무야, 내가 지금 올라갈게." 코끼리가 말했다. 그는 버드나무의 가장 낮은 가지에 발을 올려놓았다. 하지만 바람이 불기 시작했고, 그러면서 나뭇가지가 앞뒤로 흔들려 코끼리는 넘어져버렸다.

"아이쿠!" 코끼리는 소리쳤다. "아직 시작도 안 했다고!"

그는 일어나 자신의 코로 나무줄기를 감았다. 하지만 버드나무는 삐걱거리고 신음하며 버둥댔다.

코끼리는 화를 내며 말했다. "나는 내가 원할 때 언제든지 올라갈 수 있어." 그러나 그는 다시 넘어졌다.

"반드시 올라갈 거야!" 코끼리는 일어나 몸에 묻은 먼지를 털어내며 말했다.

코끼리는 다시 한 번 버드나무의 가장 낮은 가지에 발을 올려놓았다. 그러나 버드나무는 온 힘을 다해 저항했다.

얼마 지나지 않아 주변에서 동물들이 소리를 듣고 하나둘씩 몰려왔다. 동물들은 버드나무 주변에 큰 원을 그리고 앉았고 강가에서는 잉어와 강꼬치고기, 가시고기가 지켜보고 있었다. 침대 밑에 여전히 누워 있던 귀뚜라미만이 오지 않았다.

어떤 동물들은 코끼리를 응원하며 외쳤다. "힘내, 코끼리야! 올라가!" 다른 동물들은 버드나무를 응원하며 외쳤다. "버텨, 버드나무야! 포기하지 마!"

그것은 격렬한 싸움이었다. 코끼리는 멀리서부터 힘차게 달려와 버드나무를 향해 네 발을 동시에 내던지거나 코로 나무를 밑으로 끌어당기려 했다. 버드나무는 가지를 휘두르며, 날카롭게 가지를 내리치며 세차게 맞섰다.

아무도 누가 이길지 알 수 없었다.

"올라갈 거야!" 코끼리가 소리쳤다. 그는 "비켜!" 하고 외치기도 하고 "어떠냐, 버드나무? 어때?" 하고 소리치기도 했다. 버드나무는 아무 말도 없이 끈질기게 맞섰다. 가끔 버드나무는 힘들게 신음하며 낙엽 몇 개를 떨어뜨렸다.

오전이 끝나갈 무렵, 둘은 모두 지쳐버렸다.

마지막 남은 힘을 쥐어짜듯 버드나무는 가장 낮은 가지를 들어 코끼리를 감싸안더니 멀리 강으로 던져버렸다.

동물들은 환호하거나 감탄하며 웅성거렸고, 잉어와 강꼬치고기, 가시고기는 급히 옆으로 헤엄쳐 피했다.

코끼리는 강가로 기어 올라왔다. 그는 고개를 숙인 채 떨어진 낙엽과 부러진 잔가지를 밟으며 버드나무를 향해 걸어갔다. 그의 회색 등에서 물방울이 흘러내렸다. 그는 잠시 멈춰 서더니 나무의 몸통을 가볍게 두드렸다.

"네가 이겼어." 코끼리는 조용히 말했다.

버드나무는 바람에 일렁이며 속삭였는데 몇몇 동물에게는 그 소리가 마치 "에이…… 별거 아니야"로 들리는 것 같았다. 버드나무는 친절한 나무지 나쁜 나무가 아니었다.

코끼리는 무겁고 젖은 발걸음으로 숲으로 걸어갔다. 그는 참나무 아래에 멈춰 서서 깊이 한숨을 쉬었다.

숲 전체를 조망하며 모든 것을 내려다보고 있던 참나무는 나뭇잎을 흔들며 바스락거렸다.

"아니야." 코끼리는 말했다. "아니야. 아니야. 다시는 안 해."

그는 다시 걸어가려다 멈춰 섰다. 그리고 위를 올려다보았다.

친애하는 딱정벌레

늦은 아침, 귀뚜라미는 침대 밑에서 나왔다. 그는 탁자와 의자, 찬장을 다시 세우고 자신의 모자와 다른 물건들을 벽 선반에 원래대로 올려놓았다.

그러고는 탁자에 앉아 편지를 쓰기 시작했다.

친애하는 딱정벌레에게,

라고 그는 적었다. 그는 눈을 가늘게 뜨고 생각에 잠겼다.

갑자기 시끄러운 소리가 들렸다. 귀뚜라미는 고개를 들었다. 단어들이 방 안으로 밀려 들어왔다. 그들은 창문과 벽 틈새와 문 밑을 통해 들어왔다. 단어들은 작았고, 검은색 외투를 입고 서로를 뒤따르고 있었다. 그는 '난'과 '잘'을 보았고, 이어 '지내'를 보았다. 그것들은 방 한쪽으로 가 섰다.

반대편에서는 '나는'과 '매우'와 '우울한'과 '기분이야' 같은 단어들이 나타났다. 그것들은 지붕의 작은 구멍을 통해 들어온 듯했고, 조금 더 크고 더 짙은 검은색 외투를 입고 있었다.

귀뚜라미는 꼼짝할 수 없었다. 그의 앞에는 '친애하는 딱정벌레에게'라고 적힌 편지가 놓여 있었다.

단어들은 바닥을 세 번 쿵쿵쿵 찧고서 서로를 향해 돌진했다. 방 한가운데서 그들은 서로를 붙잡고는 바닥에 넘어뜨리고, 발로 차고, 할퀴고, 떼어내려 했다.

먼지가 소용돌이쳤고 귀뚜라미는 기침을 했다.

한참 후에야 먼지는 가라앉았고 방 안은 고요해졌다. 작은 단어들이 승리했다. 하지만 그들 역시 긁힌 자국에 상처투성이였고 외투도 찢어져 있었다.

큰 단어들은 패배했다. '나는'은 부러졌고 '매우'는 의자 밑에서 두 조각이 나 있었으며 '우울한'은 반으로 접혀 벽의 못에 걸려 있었다. '기분이야'는 거꾸로 구겨진 채 방 한구석에 쓰러져 있었다.

작은 단어들은 외투에 묻은 먼지를 털어낸 다음 패배한 단어들을 들어 창밖으로 던져버렸다. 그 단어들은 둔탁한 소리와 함께 땅

　　　　　귀뚜라미의 치유

바닥에 떨어졌다.

"아야." 누군가 중얼거리는 소리가 들렸다. '나는'이었을 거라고 귀뚜라미는 생각했다.

'난', '잘', '지내'는 방 안에 남아 있었다. 그들은 귀뚜라미의 어깨를 탁 치며 그를 일으켜 세웠다. 그러고는 그를 위로 휭 띄웠다가 다시 받았다.

'잘'은 귀뚜라미의 머리 위로 올라섰고 '지내'는 그의 등에 올라 탔으며 '난'은 그의 날개에 매달렸다.

"날아봐!" 그들은 외쳤다. "날아보라고!"

귀뚜라미는 날개를 펼치고 조금 떠올랐다가 쿵 하고 땅에 떨어졌다.

"아이쿠……." 단어들은 실망하며 외쳤다. 그것들은 귀뚜라미에게서 내려와 편지로 돌아갔다. 그러고는 '친애하는 딱정벌레에게' 밑에 서로 나란히 서더니 말했다. "그냥 이러고 있자."

바람이 불어 창문을 통해 방으로 들어왔다. 바람은 편지를 낚아채더니 가져가버렸다. "안 돼……" 하고 귀뚜라미가 외치려 했지만 이미 늦었다. 편지는 이미 하늘 높이 날아가버렸다.

귀뚜라미는 오후 내내 바닥에 누워 있었다. 우울감은 그의 머릿속에서 이리 뛰고 저리 뛰며 그의 관자놀이를 때려댔다. 시간이 흐

를수록 그 느낌은 더 강해졌다.

오후가 끝날 무렵 바람이 한 통의 편지를 방으로 날려 보냈다. 편지는 귀뚜라미의 코앞에 떨어졌다.

귀뚜라미는 그 편지를 읽었다.

친애하는 귀뚜라미에게,

나도 잘 지내.

딱정벌레가

그 순간 귀뚜라미는 울음을 터뜨리고 말았다. 그의 볼과 날개, 더듬이와 발을 타고 굵직한 눈물방울이 뚝뚝 흘러내렸다.

그의 어깨가 들썩였다.

그것은 그가 읽어본 가장 슬픈 편지였다.

희망을 버리지 않으면

귀뚜라미는 딱정벌레의 집으로 걸어갔다. 저녁이 막 시작될 무렵이었다.

그는 문을 두드렸다.

"네." 딱정벌레가 말했다.

"나야, 귀뚜라미." 귀뚜라미가 말했다. "들어가도 될까?"

"그래." 딱정벌레가 말했다. 귀뚜라미는 안으로 들어갔다.

그들은 서로 고개를 끄덕이고는 시선을 내리깔았다.

"그 편지 내가 썼어……." 귀뚜라미가 말했다.

"그래." 딱정벌레가 말했다.

잠시 침묵이 흘렀다.

"난 사실 잘 못 지내." 귀뚜라미가 말했다.

“나도 그래.” 딱정벌레가 말했다.

“사실 난 우울해, 딱정벌레야.” 귀뚜라미가 말했다.

“나도 그래.” 딱정벌레가 말했다.

“나는 어제부터 그랬어.” 귀뚜라미가 말했다.

“나는 늘 그래왔어.” 딱정벌레가 말했다.

귀뚜라미는 놀란 눈으로 그를 바라보았다. “늘 그랬다고?” 그가 물었다.

“응.” 딱정벌레가 말했다.

“다른 기분이었던 적은 없었니? 기쁘다거나 그런 적?” 귀뚜라미가 물었다.

딱정벌레는 잠시 생각에 잠겼다.

“딱 한 번 있었어.” 그가 말했다. 그는 귀뚜라미를 지나 벽을 응시했다. “한 번 기뻤던 적이 있었어.”

“그래?” 귀뚜라미가 물었다.

“응.” 딱정벌레가 말했다. “하지만 그 결과는 상상도 할 수 없었어, 귀뚜라미야. 정말 끔찍했지.”

귀뚜라미는 상상도 할 수 없는 결과에 대해 생각하며 그런 결과가 어떤 것이었을지 궁금해했다.

“무엇 때문에 기뻤니?” 그가 물었다.

"아무 이유 없었어." 딱정벌레가 말했다. "정말 아무 이유도 없었어!" 그는 앞다리를 들어 공중에 휘둘렀다.

"그러고 나서는?"

"그 후로는 늘 우울했지."

딱정벌레는 대뜸 일어나 귀뚜라미를 어두운 눈빛으로 바라보았다. 그는 주먹을 흔들며 소리쳤다.

"나는 항상 우울할 거야! 영원히! 너한테 장담해!"

"하지만 그건 너무 끔찍한데……." 귀뚜라미가 말했다.

"맞아." 딱정벌레가 갑자기 부드럽게 말했다. "그건 끔찍해, 정말 끔찍하지." 그는 다시 자리에 앉았다. "하지만 그게 현명한 거야." 그는 말했다.

잠시 후 그들은 창문에서 멀리 떨어진 방 한쪽 구석 자리에서 검은 차를 마셨다. 딱정벌레는 귀뚜라미에게 그가 몰랐던 우울감과 그것에 얽힌 다양한 이야기를 해주었고 귀뚜라미는 이를 잘 기억하려 애썼다. 딱정벌레는 벽에 걸린 표어들도 보여주었다. 거기에는 "우울감은 위대하다", "그 외에는 아무것도 없다", "한번 우울하면……", 그리고 "전혀 우울하지 않다면 진짜 우울한 것이다"라고 적혀 있었다. 그는 매일 이 표어들을 읽는다고 말했다.

어둠이 깔렸다.

자기는 오래전에 모든 희망을 버렸다고 딱정벌레는 말했다. "그건 큰 결정이었어, 귀뚜라미야." 그는 말했다. "하지만 난 그것을 감수해야 했어." 그는 다시 귀뚜라미를 지나 벽을 응시했다. "희망을 버리지 않으면 완전히 우울할 수 없거든."

귀뚜라미는 이제 집으로 돌아가야겠다고 말하고 딱정벌레에게 인사했다. 딱정벌레는 고개를 끄덕이며 알아들을 수 없는 말을 중얼거렸다.

밖으로 나온 귀뚜라미는 잠시 우울감이 사라진 것 같았다. 그는 허공으로 뛰어올라 외쳤다. "암, 그렇고말고!" 그는 목을 가다듬고서 우울한 말을 투덜거리거나 중얼거리는 딱정벌레가 눈과 귀에 선했다. 그 친구는 정말 우울하구나…… 그는 그렇게 생각하며 고개를 절레절레했다.

하지만 나도 우울한걸, 그는 다시 생각했다. 그의 우울감은 머릿속에 커다랗고 무거운 바윗덩이처럼 자리 잡고 있었다.

나도 희망을 버려야 할까? 그는 어둠 속을 걸으며 생각했다. 전혀 우울하지 않은 것보다는 완전히 우울한 편이 나을까?

하지만 그는 희망을 어떻게 버려야 하는지 몰랐다.

그걸 물어봤어야 했는데, 하고 그는 생각하며 다시 고개를 절레절레했다.

이건 사실이 아닙니다

코끼리는 숲을 걷고 있었다. 나무들이 바람에 흔들리며 바스락 거렸다. 안녕, 나무들아, 그는 생각했다. 잘 아는 나무들이었다. 그는 그 모든 나무에서 한 번씩은 떨어진 적이 있었다.

그는 오랫동안 걸으며 깊은 생각에 잠겼다. 가끔 나무에 부딪치기도 했지만 세게 부딪치지는 않았다. 그는 속으로 아야, 하고는 다시 걸었다.

그는 어느새 한 번도 가본 적이 없는 숲의 어떤 곳에 다다랐다. 그러다 갑자기 굵고 키 큰 나무 앞에서 표지판 하나를 발견했다.

이 나무에서는 아무도 떨어질 수 없습니다.
떨어진다는 것 자체가 불가능합니다.

귀뚜라미의 치유

코끼리는 깜짝 놀라 그곳에 멈춰 섰다. 처음 보는 나무였다. 그는 사실 그런 나무를 항상 찾고 있었던 터라 당장이라도 올라가보고 싶었다.

그래도 일단 앉아서 표지판을 다시 한 번 읽어보았다.

누가 이런 표지판을 만들었을까? 그는 생각했다. 떨어지는 게 불가능하다는 것을 어떻게 알았을까? 아무도 이 나무에서 떨어질 수 없다면, 그러면 누구든 나무에 오를 수는 있을까? 만약 오를 수 있다면 어떻게 내려오지? 혹시 영원히 못 내려오는 건 아닐까?

그는 벌떡 일어나 나무로 가서는 가장 낮은 나뭇가지에 발을 올렸다. 하지만 아직 올라갈 용기는 나지 않았다. 나무를 믿을 수 없었다.

정직한 나무가 아닐 수도 있어, 그는 생각했다. 누가 알겠어…….

"여기 누구 없나요?" 코끼리는 소리쳤다. "혹시 이 나무를 아는 분 있나요?"

아무 대답도 없었다. 숲속 그곳에는 아무도 살지 않았다.

결국 오랜 망설임 끝에 코끼리는 나무 위로 올라갔다. 해보지 않으면 영영 모를 테니까, 하고 그는 생각했다.

그는 매우 조심스럽게 올라가며 생각을 거듭했다. 이건 그저 평범한 나무야.

나무의 중간쯤, 두 개의 가지 사이에 다다르자 난데없이 새로운 표지판이 나타났다.

이제 알겠죠?

코끼리는 그 글자에 너무 놀라 발을 헛디뎌 한쪽으로 기울었고, 엄청난 소리를 내며 땅으로 떨어졌다.

그는 그대로 멍하니 누워 있었다. 아직 꼭대기에 도달하지 못했는데……. 그는 억울했다.

잠시 후 그는 일어나 위를 올려다보았다.

"이게 떨어진 게 아니라고?" 그는 소리쳤다.

나무는 크게, 그러나 태연하게 바람에 흔들리며 바스락거렸다.

코끼리는 머리를 문지르며 표지판을 하나 만들고는 처음 본 표지판 옆에 세워두었다.

이건 사실이 아닙니다.

(이 나무에서 떨어진) 코끼리가

그는 그 밑에 첫 번째 표지판을 가리키는 화살표를 추가했다.

 귀뚜라미의 치유

정직하지 않은 나무라고 그는 생각했다. 그러고 다시는 만나지 않기를 내심 바랐다.

그는 나무를 등지고 숲으로 걸어 들어갔다.

잠시 후 그는 참나무를 만났다. "안녕, 참나무야." 그는 말했다. 참나무와는 서로 아는 사이였다.

조금 지나 그는 나무에 올라갔다.

그가 밟은 나뭇가지는 친근하게 삐거덕거렸고 나뭇잎은 부드러운 여름바람에 무언가 친절하게 속삭이는 것 같았다. 의심의 여지가 없지! 코끼리는 행복해졌다. 암, 없고말고!

나무 꼭대기에 올랐을 때 그는 참나무와 함께 노래를 부르고 싶어졌다. "함께 노래해도 될까, 참나무야?" 그는 물었다. 그는 어느새 한 발로 서서 목청을 가다듬으며 노래를 준비하고 있었다.

바로 그때, 그는 나뭇가지들과 나뭇잎들 사이로 우레 같은 소음을 내며 떨어졌다.

그럴 만한 떨어짐이었고 시끄러운 충돌이었다. 어느 여름날 아침이었다.

가장 아름다운 등딱지

숲 한가운데, 너도밤나무에서 멀지 않은 딱총나무 아래에 거북이 살고 있었다.

어느 날 아침 그는 딱총나무 앞 잔디밭에 앉아 자신의 등딱지에 대해 생각했다. 등딱지가 없었다면……. 왜 세상 모든 동물이 등딱지를 갖고 있지 않은지 이해할 수 없었다. 그것은 불가사의였다.

나뭇잎이 부드럽게 바스락거렸다.

거북은 자신의 등딱지가 세상에서 가장 아름답다고 생각했다. 심지어 태양보다도 훨씬 아름답다고 느꼈다.

그러다 그는 귀 뒤를 긁적이며 생각했다. 정말로 그럴까?

그는 태양을 등에 업고 있다고 상상해보았다. 상상만 해도 뜨거웠다.

그러다 그는 자신의 등딱지가 태양보다 아름답다는 것을 확실히 알게 되었다. 나아가 그것은 사슴의 뿔, 잉어의 은색 비늘, 물총새의 파란 깃털, 심지어 달팽이의 더듬이보다도 아름다웠다. 그는 달팽이 더듬이가 무척 아름답다고는 생각했다. 하지만 그런 더듬이가 머리에 두 개나 있다면……. 거북은 그런 생각은 하고 싶지 않았다.

그렇게 그는 아침 햇살에 만족하며 그곳에 앉아 있었다. 등딱지를 생각하다가 물리면 그는 언제고 아무 생각도 하지 않는다든가 머릿속에 반짝 떠오르는 아주 특별한 생각을 할 수 있었다.

그는 둔탁한 소리를 듣고 고개를 들었다. 귀뚜라미가 터벅터벅 걸어오는 소리였다. 평소라면 그는 펄럭펄럭 날아다니거나 경쾌하게 걸었을 텐데. 보통은 바쁘고 경쾌한 걸음걸이라고 거북은 생각했다. 경쾌한 서두름.

그런데 지금 귀뚜라미는 땅만 내려다보며 터덜터덜 걸어왔다.

"안녕, 귀뚜라미야." 거북은 말했다.

"안녕, 거북아." 귀뚜라미가 고개를 들어 말했다. 그는 거북 앞에 섰다. 거북은 눈을 내리깔았는데, 그건 그가 보통 때라면 하지 않을 행동이었다.

"나, 우울해." 귀뚜라미가 말했다.

거북은 "오" 하고 반응했다.

"나 최근에 우울해졌어." 귀뚜라미가 말했다.

"이런, 그래?" 거북은 말했다.

"응." 귀뚜라미가 말했다. "갑자기. 머릿속에 어떤 감정이 들었어. 커다랗고 확고한 그런 감정이야."

"이런." 거북은 말했다.

귀뚜라미가 자리에 앉았다. "좀 앉을게" 하고 그는 말했다.

"그래." 거북은 말했다.

그들은 한참 동안 아무 말도 하지 않았다. 거북은 다시 자신의 등딱지에 대해 생각했다. 어쩌면 그 생각이 우울감을 억눌러줄지도 모른다고 그는 생각했다. 하지만 그 순간 그는 다른 생각을 하기로 결심했다. 왜냐하면 자신의 등딱지에도 단점들이 있을지 몰랐고, 그러다 갑자기 그 생각에 빠지게 될까 봐.

"뭐 좀 먹을래?" 그가 물었다.

"뭐?" 귀뚜라미가 물었다.

"글쎄…… 음…… 달콤한 클로버…… 아니면 숙성된 미나리아재비……." 거북이 말했다.

귀뚜라미는 "아니" 하고 대답하며 고개를 저었다. 그가 숙성된 미나리아재비를 거절한 것은 이번이 처음이었다.

다시 긴 침묵이 이어졌다.

귀뚜라미의 치유

그때 귀뚜라미가 "너도 뭔가 특별한 존재니?" 하고 물었다.

거북은 깜짝 놀라 생각하기 시작했다.

"나에겐 아무도 범접할 수가 없지." 그가 말했다.

"오." 귀뚜라미가 말했다.

거북은 돌연 화끈거렸지만 귀뚜라미는 벌떡 일어나 터덜터덜 걸어갔다.

귀뚜라미는 어느새 길 끝자락에 다다라서야 돌아서서 이렇게 말했다. "아, 맞다. 잘 가, 거북아."

"잘 가, 귀뚜라미야." 거북은 말했다. 그의 이마에는 작은 땀방울이 맺혔는데, 방금 그 스스로 자기에겐 아무도 범접할 수 없다고 말했으므로 아무도 범접할 수 없어야 했기 때문이었다. 하지만 방금 그건 뭐람?

왜 항상 나는 일이 어떻게 돌아가는지 모르는 걸까? 하고 생각한 그는 당황스러움과 수치심으로 얼굴이 빨개져 등딱지 안에 몸을 숨겼다.

덜 심각한 것

귀뚜라미는 숲의 어두운 곳에서 사는 올빼미를 찾아갔다.

"나 우울해, 올빼미야." 귀뚜라미가 말했다.

"그래?" 올빼미가 말했다.

"그건 하나의 감정이야." 귀뚜라미가 말했다.

올빼미는 고개를 끄덕였다.

그들은 안으로 들어가 방의 먼지 쌓인 구석에 앉았다.

올빼미는 귀뚜라미에게 우울에 관한 모든 것이 적힌 책을 보여주었다. 그 안에는 우울한 추측, 우울한 생일, 우울한 여행, 우울한 설탕이 적혀 있었다.

귀뚜라미는 우울한 생각들도 보았다.

"이건 내 생각들인데." 귀뚜라미는 말하며 손가락으로 가리켰다.

올빼미는 다시 고개를 끄덕였다.

잠시 후 올빼미는 책을 덮고 특별히 우울한 차를 끓여 그와 함께 마셨다.

귀뚜라미는 어깨를 축 늘어뜨리며 까만 차를 응시했다.

"정말 심각하구나." 올빼미가 말했다. "하지만 그보다 훨씬 더 심각한 것이 있어."

귀뚜라미는 고개를 들었다. 그는 그것이 무엇인지 몰랐고 상상할 수도 없었다.

"그게 뭔데?" 귀뚜라미가 물었다.

그러나 올빼미는 그것을 말하고 싶지 않았다.

"말할 수 없어!" 올빼미가 거칠게 말했다. 그러더니 그는 갑자기 머리로 바닥을 짚고 서서 날개를 퍼덕였다.

"미안해." 그는 다시 발로 서서 말했다. "그 이야기를 하면 꼭 물구나무로 서 있어야 하거든." 그는 어깨의 먼지를 털어냈다.

귀뚜라미는 다시 차를 바라보았다.

올빼미는 책장 맨 위 칸에 있는 가장 큰 책을 가리켰다. 그것은 올빼미가 가진 책 중에서 가장 컸다.

"저 책 안에 답이 있어." 그가 말했다. "하지만 저 책은 너무 무거워서 들 수조차 없어."

 귀뚜라미의 치유

“그건 우울감보다 훨씬 더 심각한 거니?” 귀뚜라미가 물었다.

“훨씬 심각해.” 올빼미가 말했다. “훨씬, 훨씬 더 심각해.”

둘 모두 더 이상 아무 말도 하지 않고 차를 바라보았다.

얼마 지나지 않아 귀뚜라미는 다시 집으로 돌아갔다.

생각에 잠긴 채 그는 숲을 걸었다. 그는 우울감보다 심각한 것이 무엇일지 생각해보려 했다. 그건 꿀 케이크 같은 거지만 그 반대일지도 몰라, 그는 생각했다. 꿀 케이크를 먹을 때면 세상엔 그보다 맛있는 게 없었다. 그런데도 그는 항상 그것보다 맛있는 무엇이 있다는 걸 알았다. 언제나 더 맛있는 것, 하지만 그게 무엇인지는 그도 알 수 없었다.

그는 걸음을 멈췄다. 옛날에는 그랬어, 그는 생각했다. 옛날에는 꿀 케이크가 세상에서 가장 맛있었어.

그는 이마를 문질렀다. 하지만 더 심각한 것이 있다면, 하고 그는 다시 생각했다. 내 이 우울감은 사실 그렇게 심각하지 않을지도 몰라.

그는 자기 머리를 톡톡 쳤다.

“안녕, 우울감아.” 그는 말했다. “넌 생각보다 나쁘지 않을지도 몰라…….”

그 말에 우울감은 놀라서 움츠러들어 어디로 멀리 숨어버리는 듯했다.

햇빛이 귀뚜라미의 몸을 더듬고 조용히 그의 머릿속으로 스며들었다. 그러자 그는 달콤한 꿀 케이크와 축제의 소리가 떠올라 공중으로 높이 뛰어올랐다.

그러나 이내 그 우울감이 다시 머릿속을 가득 채워, 그는 땅을 바라보며 다시 터덜터덜 걸어갔다.

덜 심각한 것도 결국엔 심각한 거야, 그는 생각했다. 아주 심각한 거야.

같이 우울하기

동물들은 귀뚜라미가 우울하고 침울한 표정으로 숲을 걷는 것을 보고 같이 우울해졌다.

사자는 귀뚜라미가 고개도 들지 않고 주위도 둘러보지 않은 채 자기를 지나치자 덤불 속에서 애절하게 포효했다.

강꼬치고기는 강 하류에서 힘없이 헤엄쳤다. 버드나무 아래 물가에 서서 다른 쪽을 간절한 눈으로 응시하고 있는 귀뚜라미를 본 탓이었다.

개구리는 귀뚜라미가 실의에 빠져 한숨을 내쉬는 걸 듣자마자 개굴개굴하는 노래를 멈췄고, 그러는 사이 곁에 있던 왜가리는 중얼거렸다. "나도 더 이상은 아무것도 하기 싫다……."

코끼리는 라임나무 가장 낮은 가지에 발을 올리려던 순간 귀뚜라미가 코를 땅에 박고 발을 질질 끌며 참나무를 지나 느릿느릿 걸어가는 것을 보았다. 코끼리는 우울한 마음 그대로 나무에 올랐고, 꼭대기에서 체념하듯 아래로 떨어졌다.

나비는 귀뚜라미가 훌쩍이는 것을 보더니 하늘을 나는 대신 추락만을 떠올렸다. 그의 날갯짓은 슬프기 짝이 없었다.

곰은 멀리서 귀뚜라미가 신음하는 소리를 듣고는 꿀 케이크를 밀어냈고, 그것을 같이 들은 코뿔소는 자기는 쓸모없는 존재라고 스스로에게 편지를 썼다. 얼마 후 그 편지를 받고서 그는 생각했다. 난 정말 쓸모없는 것 같아. 쓸모없는 존재.

개똥지빠귀는 참나무 위에서 내려다보다가 귀뚜라미의 어깨가 흐느낌으로 들썩이는 것을 보고 지금까지 불러본 적 없는 가장 슬픈 노래를 불렀고, 족제비는 덤불 사이로 귀뚜라미를 살짝 보고 걷잡을 수 없이 울음을 터트렸다.

그렇게 우울한 하루였다. 모두가 축 처지고 우울했다.

하지만 오후가 끝날 무렵에는 모두 귀뚜라미에게 익숙해졌고, 저녁 무렵이 되자 귀뚜라미를 빼고는 더 이상 우울한 동물이 없었다.

코끼리는 다시 새 나무에 경쾌하게 올랐고, 개구리는 다시 큰 소리로 개굴개굴 멈춤 없이 노래하며 이렇게 생각했다. 이 얼마나 아름다운가…….

누군가 "귀뚜라미는 아직도 우울할까?" 하고 물었다면 다른 누군가는 이렇게 대답했을 것이다. "우울해? 귀뚜라미가? 아, 맞다, 그랬지."

어떤 동물들은 이제 그를 그냥 귀뚜라미라고 부르지 않고 '우울한' 귀뚜라미라고 불렀다. 그러나 저녁이 깊어가자 그들은 그를 다시 그냥 귀뚜라미라고 불렀는데 그것은 귀뚜라미가 늘 우울했었다는 생각에서였다.

"우리가 달팽이 너를 '느린' 달팽이라고 부르지는 않잖아." 그들은 달팽이에게 말했다.

"그건 그래." 달팽이는 말했다.

밤이 깊었고 귀뚜라미는 여전히 우울한 생각에 잠겨 집으로 터덜터덜 걸어갔다. 아무도 그를 쳐다보지 않았고, 그에 대해 생각하는 이도 없었다.

하지만 다음 날 그가 여전히 우울해하자 동물 몇이 다시 그를 생각하기 시작했다. 그리고 오후가 끝날 무렵에는 모두가 다시 그를 생각하기 시작했다.

코끼리 공중으로

코끼리는 동물들에게 편지를 보내 모두 숲속 광장으로 모여달라고, 와서 자신의 부탁을 한 번 들어달라고 부탁했다. '나를 기쁘게 해줘'라고 그는 적었다.

너무 우울해서 누군가를 도울 형편이 못 되는 귀뚜라미만 빼고 모든 동물이 광장으로 나왔다.

모두들 모여 앉아 있을 때 코끼리는 말했다. "사랑하는 동물들. 나는 나무에 오르면 항상 떨어져."

그는 동물들이 그것에 대해 어떻게 생각하는지 들어보려고 잠시 말을 멈추고 주위를 둘러보았다. 하지만 동물들은 아무 말 없이 속으로 생각했다. 그렇지, 코끼리는 나무에 올라가면 항상 떨어지긴 하지……

귀뚜라미의 치유

코끼리는 목을 가다듬고 말을 이어갔다. "오르기 때문에 떨어지는 거야."

동물들은 생각했다. 그렇지, 그래서지.

"그래서 더 이상 오르지 말아야겠어." 코끼리는 말했다.

동물들은 생각했다. 그래.

"하지만 그러면 나는 나무에 어떻게 올라가지?" 코끼리는 큰 목소리로 말하고는 궁금한 표정으로 주위를 둘러보았다.

동물들은 생각에 잠겨 이마에 주름이 생기기 시작했다. 하지만 답을 구할 수는 없었다. "오랫동안 생각해봤어." 코끼리가 말했다. 그는 동물들 하나하나와 눈을 맞추었다. "난 답을 알아." 그는 말했다.

오, 하고 동물들은 생각했다. 그러고 궁금해했다.

코끼리가 말했다. "누군가 나를 나무로 던져야 해."

"던져?" 동물들은 깜짝 놀라 물었다.

"응." 코끼리가 말했다.

"하지만 누가?" 동물들은 물었다.

코끼리가 말했다. "너희가. 너희 모두 다 같이 말이야."

"우리가?" 동물들은 놀라 말했다. 그들은 뒤통수며 지느러미 밑을 긁적이거나 놀라서 코를 잡아당기거나 하고 있었다.

그러나 코끼리는 즉시 일을 시작하여 누가 어디에 서 있어야 하고 무엇을 해야 하는지 일러주었다. 그는 모든 것을 미리 생각해둔 터였다.

얼마 지나지 않아 동물들은 광장 가장자리에 있는 참나무 아래에 서로서로 가까이 붙어 섰다.

코끼리가 동물들 위로 올라탔다. 동물들은 팔이며 날개를 머리 위로 들어 그를 잡았다.

"이제 뒤로 몸을 젖혀." 코끼리가 소리쳤다. 동물들은 몸을 뒤로 젖혔다. "자, 이제 정신 차리고." 그가 외쳤다. 동물들은 자세를 가다듬었다.

"이제 심호흡하고." 그가 외쳤다. 동물들은 심호흡을 했다.

"지금이야, 던져!" 코끼리가 외쳤다.

동물들은 온 힘을 다해 코끼리를 던져 올렸다. "으라차차!" 그들은 소리쳤다.

코끼리는 공중으로 부웅 날아올라 참나무 꼭대기에 빠른 속도로 다다랐다. 그는 꼭대기의 나뭇가지를 코로 간신히 감을 수 있었다.

참나무는 거의 땅에 닿을 만큼 휘청였지만 이내 똑바로 섰다.

코끼리는 몸을 바로 세웠다. "나 여기 왔어!" 그는 아래를 향해 소리쳤다.

동물들은 여전히 힘에 겨워 숨을 헐떡이며 고개를 들었다.

 귀뚜라미의 치유

"자, 잘 봐……." 코끼리가 소리쳤다. 그는 한쪽 다리로 서서 작은 피루엣 동작을 보여주려고 했다.

그는 이내 엄청난 굉음을 내며 바닥으로 떨어졌다.

그는 동물들 코앞의 땅바닥에 떨어졌다. 짙은 먼지구름이 피어올랐다. 그는 작은 소리로 끙끙대며 누워 있었다.

동물들은 다시 집에 돌아가기로 했다. "어쨌든 우리는 호의를 베풀었으니까" 하고 그들은 말했다.

다람쥐만 뒤에 남았다. 그는 조심스럽게 코끼리를 부축했다.

"꼭 올라갈 필요는 없었는데 말이야, 다람쥐야." 코끼리가 신음하며 말했다.

다람쥐는 말했다. "그러게."

"이제야 알았어." 코끼리가 한숨을 내쉬었다.

다람쥐는 말했다. "그러게."

"한데 꼭 떨어져야만 하는구나." 코끼리가 속삭이듯 말했다.

다람쥐는 말했다. "그러게."

"늘 이런 식이란 말이지!" 코끼리가 쉰 목소리로 소리쳤다.

다람쥐는 조심스럽게 코끼리의 등에 묻은 먼지를 털어주며 말했다. "그러게."

아무 감정도 없이

귀뚜라미가 우울하며 그것이 느닷없는 일이었다는 소식을 들었을 때 나무거미는 생각했다. 나는 한 번도 그 어떤 기분에 빠져본 적이 없는데.

그는 한 번도 즐겁지 않았고, 진지하지 않았고, 화나지 않았고, 불친절하지 않았고, 우울하지도 않았다. 자기가 아는 한 그는 한 번도 그 어떤 기분이었던 적이 없었다.

그도 우울해지고 싶다고 생각했다.

이른 아침 그는 귀뚜라미를 찾아 떠났다. 썩은 너도밤나무 가지를 등에 짊어진 채였는데, 가는 길에 가끔은 먹기도 했다.

오후가 되어 그는 귀뚜라미 집에 도착했다.

귀뚜라미는 문 앞에 앉아 땅을 바라보며 우울한 표정을 짓고 있었다.

“안녕, 귀뚜라미야.” 나무거미가 말했다.

귀뚜라미가 고개를 들었다.

“안녕, 나무거미야.” 그가 말했다.

나무거미는 목을 가다듬고 말했다. “나도 우울해지고 싶어.”

귀뚜라미는 깜짝 놀라 그를 쳐다보았다.

“나는 한 번도 어떤 기분이었던 적이 없어!” 나무거미는 소리쳤다. “단 한 번도!” 그는 발을 쾅 구르며 말했다. “심지어 화도 안 나!”

귀뚜라미는 고개를 끄덕이긴 했지만 아무 말도 하지 않았다.

나무거미는 가져보지 못한 감정을 모두 나열하기 시작했다. 초라한, 막연한, 속 편한, 예민한, 천진한, 쾌활한, 탐욕스러운, 고집 센, 당당한.

귀뚜라미는 말했다. “나 역시 그런 감정은 아니야.”

“하지만 넌 우울하긴 하잖아.” 나무거미는 말했다.

귀뚜라미는 아무 말도 하지 않았다.

“난 우울하지도 않아.” 나무거미는 말했다.

“무언가 내 머릿속에 있어.” 귀뚜라미는 말했다. “우울감이야. 나도 잘 모르겠어, 어떻게 내 머릿속에 들어왔는지.”

그는 우울감이 어떠하며 그 감정이 뭘 어떻게 했는지 등을 이야기했다. 들이받고, 찌르고, 발로 차고, 때리고, 쏘고, 소리 지르고, 할 퀴고, 찢고, 짜증 내고 등등. "정말 끔찍해." 그는 말했다.

"하지만 아무 감정이 없는 게 더 끔찍해!" 나무거미는 소리쳤다.

귀뚜라미는 말을 멈추더니 한참이나 그렇게 아무 말 없이 함께 앉아 있었다. 귀뚜라미는 더 이상 아무 발언도 하지 않았고, 나무거미는 무엇을 더 물어봐야 할지 알지 못했다. 나는 결코 아무런 감정도 갖지 못할 거야, 그는 생각했다.

날이 어두워지자 귀뚜라미는 안으로 들어가 침대에 누워 천장을 물끄러미 바라보았다.

나무거미는 집으로 돌아갔다. 해 질 녘이 되자 그는 우울감을 어디선가 볼 수 있으려나 하고 주위를 둘러보았다. 하나를 발견하자마자 그는 그것을 머리에 집어넣었다. 그것은 쿵쾅거리며 잠시 쏘아대긴 했지만 너무 작은 나머지 다시 밖으로 튀어나갔다. "되는 게 아무것도 없군!" 나무거미는 소리쳤다. 우울감은 잠시 망설이는 듯하더니 덤불 속으로 이내 사라져버렸다.

늦은 저녁, 나무거미는 집에 도착했다.

그는 창문 앞 탁자에 앉았다. 지금 난 피곤한가? 그는 생각했다. 아니, 피곤하지 않아. 실망스럽나? 아니, 실망스럽지도 않아. 쓸쓸한가? 낙담했나? 아니, 아니야.

　　　　　　　　　　　　　　귀뚜라미의 치유

그는 아무렇지도 않았다. 언제까지나 아무렇지도 않을 거라고 그는 생각했다.

그러다 그는 잠이 들었다. 크고 둥근 달이 그의 작은 방 안을 비추고 있었다.

그냥

우울한 귀뚜라미는 숲속을 걷고 있었다. 나무들은 그를 우울하게 바라보았고 멀리서는 종달새가 침울한 노래를 부르고 있었다.

귀뚜라미는 모든 것이 우울하다고 생각했다.

그는 그루터기에 가 앉았다.

아무 생각도 하고 싶지 않았다. 생각은 하나같이 고통스럽기 때문이었다. 그럼에도 불구하고 그는 또 생각을 했다. 우울감이 생각을 강요하는 것 같았다. 그는 머릿속에서 그 감정이 두꺼운 장미 덤불 가지를 들고 생각들 한가운데 서서, 생각들을 쫓아다니며 등을 내리치는 것을 보았다. 하지만 생각들은 갈 데가 없는 탓에 죽을힘을 다해 서로를 따라다니고 붙들고 했다.

왜일까? 귀뚜라미는 생각했다. 하지만 매번 '왜'라고 생각하면 우

 　　　　　　　　　　　　　　　귀뚜라미의 치유

울감은 더 굳게 들어앉았다.

난 더 이상 귀뚤귀뚤 노래할 수가 없어, 귀뚜라미는 생각했다. 귀뚤귀뚤 노래해보려고 했지만 목소리는 쉬었고 또 구슬펐다. 이상한 노래를 내뱉으며 그는 씁쓸한 생각에 젖었다.

"정말 어찌할 바를 모르겠어." 그는 결국 혼잣말을 내뱉었다.

그는 거기에 그렇게 앉아 있었다.

주변의 나무들은 검게 변하고 하늘도 검게 변했으며 하늘 한가운데에는 해가 떠 있었다. 시커먼 바람이 불고 검은색 편지가 이리저리 머리 위 높이 날아다녔다.

귀뚜라미는 이따금 저 자신을 들여다보았다. 그의 코트도 검은색으로 변하고 발과 날개도 검게 변해 있었다.

이제 머릿속에서 검어진 생각들은 시커멓고 위협적으로 꿈틀대던 우울감을 중심으로 점점 번져나갔다. 지금 울면 검은색 눈물을 흘릴지도 몰라, 귀뚜라미는 생각했다. 하지만 울음이 나지는 않았다.

그는 온종일 그곳에 앉아 있었다. 해는 지는 중이었지만 모든 것이 이미 검게 변해 귀뚜라미는 눈치챌 수가 없었다.

달은 아득히 먼 곳에 시커멓고 둥그렇게 떠 있었다.

귀뚜라미는 바닥에 누웠다. 더 이상 생각을 계속할 수가 없었다.

하지만 그는 한밤중이 되어서야 잠이 들었다.

"아! 이제 잠이 들었다." 그에게 외침이 들려왔다. "이젠 우리 차례다!"

검은 꿈이 그에게 달려와 그를 이리저리 내동댕이쳐가며 머리를 후려치고 눌러 뭉갰다. 그러더니 큰 소리로 웃어댔다.

해가 뜨자 귀뚜라미는 잠에서 깨어났다. 여기가 어디지? 그는 주위를 둘러보았다. 그러더니 그는 생각했다. 아무 데도 아니군.

그는 제대로 움직일 수 없었다. 온몸이 욱신거리고 누가 쥐어짜는 듯했다.

어떻게 해야 하지? 그는 생각했다. 알 수가 없었다. 하지만 그는 일어나 걸었다. 계속 걸어야 해, 그는 생각했다.

멀리 나무 꼭대기에서는 종달새가 다시 노래를 부르기 시작했고 바람은 귀뚜라미에게 짧은 쪽지 한 통을 가져다주었다.

안녕 귀뚜라미야,

이건 그냥 보내는 쪽지야.

그럼 안녕.

다람쥐가

귀뚜라미는 그 쪽지를 읽고 깊은 한숨을 내쉬었다. 그러고는 발

걸음을 재촉했다. 어쩌면 그래야만 할지도 몰라, 하고 그는 생각했다. 빨리 걸어보자. "안녕, 다람쥐야." 그는 말했다. "난 그냥 지나가는 우울한 동물이야. 안녕."

참나무살이

코끼리는 참나무 위에 가서 살기로 결심했다.

그곳에서 줄곧 살게 되면 다시는 떨어질 일이 없을 거라고 생각했다. 다람쥐처럼.

그는 좋은 결정이라고 믿었다. 적어도 심사숙고한 일이라고 생각했다.

당장 침대를 등에 들쳐 메고 참나무에 올라 가장 높은 나뭇가지에 침대를 올려놓자 그는 균형을 잃고 아래로 떨어졌다.

그는 멍하니 누워 있었다. 하지만 이내 다시 일어나 탁자를 등에 메고 올라갔고, 탁자를 내려놓고 나서는 다시 균형을 잃었다.

그는 온종일 그렇게 일했다. 온몸에 큰 혹이 생겼지만 견뎠다. 의자, 찬장, 바닥, 벽, 지붕, 모자 등 모든 물건을 위로 옮겼다.

이른 저녁, 그는 짐을 모두 옮기고 마지막으로 위로 가져온 문 앞에 섰다. 이제야 안전하게 살 수 있겠구나, 그렇게 생각하며 그는 안으로 들어갔다. 그는 탁자 앞에 앉아 만족스러운 표정으로 주위를 둘러보았다.

하지만 한 가지 빠진 게 있었다. 코끼리는 귀 뒤를 긁적이며 생각했다. 무엇인지 몰라도 한 가지가 빠진 것은 분명했다. 그는 갑자기 생각났다. 전등!

그 자신에게는 전등이 없었다.

그가 너도밤나무 앞에 서서 "다람쥐야!" 하고 불렀을 땐 이미 땅거미가 지고 있었다.

다람쥐가 나와서 아래를 내려다보았다.

"코끼리야, 안녕." 그가 말했다.

"나 이사했어." 코끼리가 말했다.

"오." 다람쥐가 대답했다.

"나 지금은 참나무 위에 살고 있어." 코끼리가 말했다. "우린 이웃이야."

다람쥐는 아무 말 없이 고개를 끄덕였다. 잠시 침묵이 흘렀다. 코끼리는 목을 가다듬었다.

"전등을 빠뜨렸어." 그가 말했다.

다람쥐는 아무 말도 하지 않았다.

"혹시 오늘 저녁 네 전등 좀 빌릴 수 있을까?" 코끼리가 말했다. "아직 물건들이 어디에 있는지 잘 모르겠고, 전등이 없으면 여기저기 부딪힐 수도 있어서 말이야. 아니면 길을 잃거나. 내 집에서 말이야, 다람쥐야! 그럴 수도 있잖아, 안 그래? 그냥 문밖으로 나가 곧장 떨어질 수도 있어. 상상해봐! 정말 끔찍하지."

다람쥐는 아무 말도 하지 않고 안으로 들어가더니 천장에서 전등을 떼어 내려와서는 코끼리에게 건넸다.

"고마워. 조만간 놀러 올래?" 코끼리가 말했다.

"그럴게." 다람쥐가 대답했다.

코끼리는 참나무 위로 돌아갔다. 그러고 전등을 천장에 달았다. 그러고 나서야 탁자, 침대, 의자, 찬장 등 물건들이 모두 어디에 있는지 정확히 보였다.

그는 탁자 앞에 앉아 만족스러운 표정으로 주위를 둘러보았다. '여기 살다니 참 잘됐어.' 그는 생각했다.

그는 다시 일어나더니 실은 그럴 마음도 없었으면서 탁자 위로 올라가 전등을 붙잡았다. 하지 마, 그는 생각했다. 잠깐만이야, 그는 생각했다. 안 돼. 정말 잠깐만! 안 돼! 돼!

그는 전등에 매달려 이리저리 왔다 갔다 했다.

귀뚜라미의 치유

그는 다람쥐가 거기 없다는 것을 알면서도 그를 불렀다. "다람쥐야!"

너무 세게 왔다 갔다 했거나 너무 높아서 그랬는지, 혹은 전등이 잘못 걸려 있었는지 갑자기 그는 전등과 함께 공중으로 휙 날아갔다. 그리고 전등은 천장에, 천장은 벽에, 벽은 바닥에 붙어 있었으므로 모든 건 뒤따라 공중을 날아 굉음을 내면서 참나무 밑 땅바닥으로 떨어졌다.

아아…… 아파하며 풀밭에서 눈을 뜬 코끼리는 부러진 침대와 포크, 두 개의 탁자 다리가 자기 옆에 있는 것을 보았다.

그래도 참나무에서 살아보긴 했잖아, 그는 생각했다. 앞으로는 그렇게 말할 수 있어. 나도 잠시 참나무에서 살아봤다고…… 아휴, 그럼, 꽤 살기 좋았지…… 전망도 좋고…… 하지만 뭐…….

케이크 곰

곰이 집 앞에 앉아 꿀 케이크와 달콤한 버드나무 케이크 냄새, 엉겅퀴 케이크의 특별한 맛에 대해 떠올리고 있을 때 귀뚜라미가 생각에 잠겨 그 앞을 지나갔다.

"혹시 가끔 케이크 들고 다니니?" 곰이 물었다.

귀뚜라미는 고개를 들어 "아니" 하고 말했다.

"그래도 뭐, 우리 집에 잠시 들르든가." 곰은 말했다.

귀뚜라미는 안으로 들어갔다.

곰은 집에 대접할 게 아무것도 없다고 말하며 마지못해 차를 따라 마셨다. "할 수 없지 뭐" 하고 그는 말했다.

귀뚜라미는 그에게 자기가 지금 우울하며 머리에 우울감이 자리 잡고 있다고 말했다.

"그 기분은 어떻게 생겼어?" 곰이 물었다.

"잘 모르겠어." 귀뚜라미가 말했다. "회색인 것 같아."

"어떤 맛이야?" 곰이 물었다.

"쓴맛이 나." 귀뚜라미가 답했다. 때때로 그는 그 우울감의 맛을 느낄 수 있다고 생각했다.

곰은 고개를 끄덕였다. "무슨 말인지 알 것 같아." 그는 말했다. "나도 한 번 우울한 케이크를 경험한 적이 있거든."

숲에서 멀리 떨어진 생일 파티에서였다. 그는 그곳에서 희귀한 동물들을 보았다. 에뮤, 얼룩무늬 딱정벌레, 마라, 그리고 거의 모습을 드러내지 않는 몇 종의 동물들. 누구의 생일이었는지는 기억나지 않았다.

"그 케이크는 어떻게 생겼어?" 귀뚜라미가 물었다.

"그것도 회색이었어." 곰이 말했다. "아무 맛도 없는 회색. 그렇게 부를 수 있지. 회색 크림에 회색 설탕을 곁들인."

귀뚜라미는 한숨을 내쉬었다.

"탁자 한가운데에 있었어." 곰은 말했다. "아무도 감히 먹지 못했어."

그는 귀뚜라미를 쳐다보았다. 하지만 귀뚜라미는 빈 잔을 들여다보고 있었다.

“하지만 나는 먹었어.” 그때 곰이 말했다. “나는 어떤 케이크든 먹을 수 있거든, 귀뚜라미야.”

그는 벌떡 일어나 불타는 눈으로 귀뚜라미를 쳐다보았다.

“세상에 내가 두려워하는 케이크는 없어!” 그는 외쳤다.

귀뚜라미가 물었다. “케이크 맛은 어땠어?”

곰은 다시 앉으면서 말했다. “끔찍했어. 쓰고 끔찍했어. 하지만 나는 그걸 다 먹었지. 마지막 부스러기까지 말이야.”

귀뚜라미는 고개를 끄덕였다. 우울감이 뒤통수를 힘껏 걷어차고 있었다.

“모두가 둘러서서 대단히 감동했지.” 곰은 말했다.

그 후로는 매우 즐거운 생일 파티였다고 그는 말했다. 그는 도마뱀과 춤을 췄고, 다른 케이크들도 등장했다. 순한 케이크, 친절한 케이크, 유쾌한 케이크……. 모두가 그에게 진심으로 감사를 표했다. 그가 없었다면 그 케이크는 여전히 그곳에 있었을 것이고 파티는 실패했을 것이기 때문이었다.

곰이 말을 끝내고 나니 긴 침묵이 흘렀다.

열린 문 사이로 햇살이 비쳤고 제비가 날아서 지나갔다. 곰은 무슨 말을 해야 할지 모르는 귀뚜라미의 잔에 차를 좀 더 따라주었다.

“한번은 잊을 수 없는 케이크를 먹은 적이 있어…….” 곰은 말을

귀뚜라미의 치유

시작했다. 하지만 귀뚜라미는 자리를 뜨고 싶었다.

그는 곰에게 인사하고 숲속으로 걸어갔다. 그의 머릿속 우울감은 이리저리 산만하게 돌아다녔고, 태양 앞에는 커다란 먹장구름이 걸려 있었다.

모든 면에서 대단해

달팽이는 플라타너스 나무 아래에서 햇빛을 받으며 깊이 생각하고 있다가 귀뚜라미가 지나가는 것을 보았다.

"안녕, 달팽이야." 귀뚜라미가 말했다.

달팽이는 고개를 들어 더듬이를 약간 내밀고 말했다. "안녕, 귀뚜라미야."

귀뚜라미가 가만히 서서 말했다. "나 우울해, 달팽이야."

달팽이는 고개를 조금 더 들어 비스듬히 기울인 채 눈살을 찌푸리고 귀뚜라미를 한참 바라보더니 말했다. "내가 훨씬 더 우울해."

"진짜 끔찍하겠다." 귀뚜라미가 말했다.

"끔찍?" 달팽이는 놀란 표정을 지으며 말했다. "무겁다고 해야 맞지 않을까."

귀뚜라미의 치유

“진짜 무겁겠다.” 귀뚜라미는 말했다.

“그래, 무거워.” 달팽이는 말했다. 그러고는 자신의 우울감이 얼마나 무겁게 느껴지는지에 대해 길게 이야기하기 시작했다. 하지만 그걸 어떻게든 노래로 풀거나 춤추며 잊어버리는 식으로 해결하려는 성격은 아니라고 했다. 그런 것은 기대하지 말라고 했다. 자신은 무게감을 회피하는 존재가 아니라고 했다.

귀뚜라미는 고개를 어깨 사이로 떨어뜨리고 듣다가 어느 순간부터는 더 이상 귀를 기울이지 않았다.

“그것 때문에 괴로워하고 있니?” 귀뚜라미가 물었다. 달팽이가 입가의 점액을 닦기 위해 잠시 말을 멈췄을 때였다.

“뭐라고?” 달팽이는 말했다. 귀뚜라미는 그가 당황한 표정을 짓는 것을 본 적이 없어서 신기하게 생각했다.

“그것 때문에 괴로워하고 있어?” 귀뚜라미는 다시 물었다.

달팽이는 괴로움이 무엇인지 몰랐다. “그래.” 그는 대답하고 나서 혹시나 하는 마음에 덧붙였다. “하지만 어떤 면에서는 아니야.”

“그렇구나.” 귀뚜라미는 말했다.

달팽이는 다시 자신의 이야기를 이어갔다. 자신의 우울감이 얼마나 큰지, 그리고 그 우울감의 ‘돌기’가 얼마나 많은지 하나씩 열거했다.

어쩌면 나는 약간만 우울한 것일지도 몰라, 귀뚜라미는 생각했다. 어쩌면 내 우울감은 아무것도 아닌 우울감일지도 몰라. 하지만 그 우울감은 여전히 그의 머릿속에 자리 잡고 있었고 좀처럼 사라지려 하지 않았다.

"나는 정말 끔찍하게 우울해." 귀뚜라미가 말했다. 달팽이가 잠시 말을 멈췄을 때였다.

"아하." 달팽이는 말했다. "끔찍하게 우울하다니, 그렇군. 그래, 이제야 조금은 끔찍하게 우울한 것 같네. 하지만 착각하지 마, 귀뚜라미야. 너의 우울감은 나의 우울감에 비하면 아무것도 아니야."

달팽이의 눈에서는 귀뚜라미가 한 번도 본 적 없는 작은 빛이 반짝이고 있었다.

"너는 결코 나만큼 우울해질 수 없어." 달팽이는 말을 이어갔다. 그러더니 자신에 대해 알고 있는 모든 것을 하나하나 느리고 조심스럽게 설명하면서 누구도 자신을 따라잡을 수 없을 것이라고 했다.

달팽이의 가슴은 부풀어 올라 집 안에 제대로 들어가지 못할 지경이 되었다. 그러다 한쪽 벽이 삐걱거리기 시작했고, 그의 머리 위 더듬이는 아무 의미 없는 군중을 향해 손짓이라도 하듯 흔들리고 있었다.

"그렇구나." 귀뚜라미는 틈틈이 말했다.

 귀뚜라미의 치유

정오 무렵 달팽이는 목이 쉬어 아무 말도 할 수 없게 되었다.

"나는 이제 가봐야겠다." 귀뚜라미는 말했다.

달팽이는 고개를 끄덕이며 그를 바라보았다. 나는 모든 면에서 누구보다도 대단해, 달팽이는 생각했다. 하지만 나는 그 누구보다도 느리단 말이지. 그는 귀뚜라미가 자기에게 느리다고 말하지 않은 것이 못내 아쉬웠다. 만약 그가 느리다고 말했다면 자신은 느림에 관해 이야기할 수 있었을 테고, 그랬다면 이야기는 이제 막 시작되었을 텐데……. 달팽이는 한숨을 쉬고는 고개를 돌려 자신의 집에 난 금을 걱정스럽게 바라보았다.

공기

나는 길을 잃었어, 귀뚜라미는 생각했다. 나는 상처받고 길을 잃었어.

그는 숲 한가운데의 그루터기에 앉아 있었다. 우울감이 그의 이마를 두들겼다. 마치 그것이 어둠 속에서 길을 잃고 헤매는 느낌이었다.

우울해지면 훨씬 더해, 귀뚜라미는 생각했다. 절망스럽고 슬프고 비통하고 울적하고 외로워져. 우울감은 이런 모든 감정을 뒤에 끌고 다니는 것 같았다.

"우울하다!" 그는 느닷없이 외쳤다. 왜 그랬는지는 알 수 없었다. 그의 목소리는 공허하고 애처롭게 들렸다.

까마귀가 그의 소리를 듣고 옆에 내려앉았다. "나를 불렀니?" 까

귀뚜라미의 치유

마귀가 물었다.

"아니야." 귀뚜라미는 대답했다.

"그래." 까마귀가 말했다.

"나 우울해, 까마귀야. 나는 정말 우울해." 귀뚜라미는 말했다. 까마귀는 그를 바라보며 뒤통수를 긁적였다. 그는 눈살을 찌푸린 채 귀뚜라미 주위를 걸어 다니며 살펴보았다. 그는 등을 대고 누워 귀뚜라미의 날개 밑과 목을 살펴보았다.

"아니야." 마침내 그는 말했다, "너는 전혀 우울하지 않아."

"우울하지 않다고?" 귀뚜라미가 말했다. "나 매우 우울한데."

"그럴 리 없어." 까마귀는 말했다.

"그럴 리 없다고?" 귀뚜라미가 말했다. "나 정말 끔찍하게 우울하단 말이야!"

하지만 까마귀는 고개를 저으며 말했다. "넌 전혀 우울하지 않아."

"나 우울해!" 귀뚜라미는 소리쳤다.

"너는 우울하지 않아!"

"우울해!"

"아니야!"

그들은 서로를 위협하듯 맞섰고, 둘 다 발로 땅을 굴렀다.

"개미에게 물어볼 거야!" 귀뚜라미가 외쳤다.

“개미에게?” 까마귀가 깍깍거렸다. “개미에게? 그냥 나한테 물어 봐! 나는 알고 있으니까!”

“너는 전혀 몰라!” 귀뚜라미가 소리쳤다.

“나는 알아!” 까마귀도 소리쳤다.

“그럼 내 머릿속에 있는 감정은 뭐니?”

“그건 공기야.”

“공기?” 귀뚜라미는 외쳤다. “공기라고 했니?”

“무거운 공기야.” 까마귀가 깍깍거렸다. “어쩌면 검은 공기인지도 모르겠어. 하지만 공기는 공기야.”

귀뚜라미는 더 이상 아무 말도 하지 않고 다리 위로 주저앉았다. 그는 머리를 땅에 대고 흐느껴 울기 시작했다. 눈물이 풀 틈의 어두운 흙으로 흘러내렸다. “공기의 눈물이구나.” 그는 속삭였다.

“그래.” 까마귀가 깍깍거리며 말했다. “그건 공기의 눈물이야. 이제야 네가 제대로 된 말을 하는구나.” 그는 너도밤나무의 가장 낮은 가지로 날아갔다.

“우울감이라니…….” 까마귀는 냉소적으로 깍깍거렸다. “우울감은 무슨……!”

귀뚜라미는 오랫동안 절망적으로 흐느껴 울었고, 까마귀는 화난 듯 깍깍거리며 나무들 사이로 사라졌다.

　　　　　귀뚜라미의 치유

나는 우울하지 않구나, 귀뚜라미는 생각했다. 이제는 아무것도 모르겠어. 그는 날개를 하늘로 들어 올리려 했지만 더 이상 날개를 들 수 없었다. 그는 몸을 굴려 등을 대고 누웠다.

나는 정말 즐거워, 그는 생각했다. 나는 노래한다, 나는 춤춘다, 한번 봐봐…….

하지만 그 누구도 그가 햇살 속에서 작은 눈물 웅덩이 안에 누워 있는 모습을 보지 못했다.

친애하는 참나무에게

코끼리는 참나무에게 편지를 썼다.

친애하는 참나무에게,

제가 요청하고 싶은 것이 하나 있습니다.

저는 단 한 번이라도 좋으니 당신에게 올라가 떨어지지 않고 버

텨보고 싶습니다.

만약 당신께서 허락해주신다면 세상 모든 이에게 당신이 이 세상

에서 가장 아름답고 가장 튼튼하고 가장 훌륭한 나무라고 이야

기하겠습니다.

당신이 바람에 흔들리며 내는 소리와 잎사귀들이 스치는 소리가

얼마나 특별한지도 말입니다.

그리고 당신께서 세상 사람들이 알아야 한다고 생각하시는 모든 것을 제가 대신 전하겠습니다.

아울러, 제가 어떻게 내려올지에 대해서는 당신께서 정하셔도 좋습니다.

단, 떨어지지 않게만 해주신다면요.

그리고 다람쥐에게도 부탁해, 당신께서 그의 전등에 한번 매달려볼 수 있게 허락해달라고 말해보겠습니다.

그것이야말로 세상에서 가장 근사한 일이니까요, 참나무 님.

사실, 떨어지는 것과는 딱 정반대인 기분이랍니다.

코끼리 올림

그 편지를 보낸 뒤 코끼리는 참나무 아래에 앉아 답장을 기다렸다.

그렇지만 답장은 오지 않았다.

가끔씩 그는 위를 올려다보았다.

거절이구나, 그는 생각했다.

답장이 오지 않을 거라고 확신한 그는 자리에서 일어나 귀를 머리에 착 붙이고 접고 한숨을 내쉰 뒤 참나무에 올라가기 시작했다.

그냥 떨어지더라도 어쩔 수 없지, 그는 생각했다.

사막의 우울

귀뚜라미는 숲속을 걸었다. 그러나 어디로 가는지 알지 못했다. 머릿속을 가득 채운 우울감이 그의 모든 계획과 생각을 막아버리고 말았다.

그는 숲을 벗어나 초원을 지났고, 초원을 지나 다시 스텝 지대를 거쳐 사막에 다다랐다.

사막은 무척이나 뜨거웠지만 귀뚜라미는 덥지 않았다.

내가 어디에 있는지도 모르겠어, 그는 생각했다. 그는 오로지 땅만 바라보며 한 발 한 발 내디딜 뿐이었다.

저녁이 될 무렵 그는 사막 한가운데에 이르렀다. 해는 커다랗고 뜨겁게 빛나며 저물고 있었다.

귀뚜라미는 걸음을 멈추고 주위를 둘러보았다. 아, 이곳이 사막

이구나, 그는 생각했다. 그 순간 우울감이 곧장 치솟아 머리 꼭대기를 쿵 들이받았다. 우울감도 틀림없이 머리를 찧었겠군, 귀뚜라미는 생각했다.

그 순간 그는 바로 눈앞에서 거대하고 검은 무언가를 보았다.

귀뚜라미는 한 발짝 물러나 그 자리에 멈추어 섰다. 그의 머릿속은 난데없는 고요함으로 가득 찼다.

그는 더듬이로 자신의 말라붙은 입술을 더듬었다. 저게 뭔지 알 것 같아, 그는 생각했다. 어떻게 알게 되었는지는 몰라도 그는 그 존재를 알고 있었다.

그는 비틀거리다 천천히 옆으로 쓰러졌고, 몸을 한 바퀴 굴려 결국 등을 바닥에 대고 누웠다. 모래가 그의 귀와 눈 속으로 들어왔다.

검고 거대한 존재가 그에게 다가와 그를 굽어보았다.

"더는 못 하겠어." 귀뚜라미는 속삭였다. "정말 더는 못 하겠어."

그 순간 거대한 손이 그를 들어 올리는 게 느껴졌다. 그는 더는 몸을 움직일 수가 없었다.

그는 우울감의 어두운 숨결이 자신의 얼굴을 스치는 것을 느꼈다. 갑자기 너무나도 차가운 느낌이 들었다. 이제 나는 사라지는구나, 그는 생각했다. 이제는…….

그는 곤두박질치더니 데굴데굴 구르다가 결국 아무것도 알 수 없

귀뚜라미의 치유

게 되었다.

다음 날 아침, 그는 사막 한가운데 모래 위에서 눈을 떴다. 햇살이 그의 몸에 쏟아지고 있었다.

귀뚜라미는 천천히 눈을 떴다. 거대한 우울감은 사라져 있었다. 사막은 평평하고 텅 비었으며 태양 아래서 아지랑이처럼 일렁이고 있었다.

그러나 그의 머릿속에는 여전히 우울감이 남아 있었다. 그러고도 난 여전히 여기에 있구나, 귀뚜라미는 생각했다.

그는 자리에서 일어섰다. 돌아가야겠어, 그는 생각했다. 이번에는 질질 끌며 걷지 않고 성큼성큼 걸어 나갔다. 때로는 달리기까지 했다. 머릿속의 우울감은 출렁출렁 흔들렸는데, 마치 머릿속에 공간이 남아 있는 것 같았다.

땀방울이 그의 얼굴을 타고 흘러내렸고 더듬이는 뜨거워졌다.

그는 거대한 우울감에 대해 생각했다. 그것은 나를 어떻게 하려고 했던 걸까? 그는 생각했다. 나를 데려가려던 걸까? 하지만 어디로? 혹시 나를 놓아준 것일까? 그래서 내가 떨어졌던 걸까? 그저 실수였을까?

그는 알 수 없었다. 그런데 거대한 우울감은 왜 거기에, 사막 한가운데에 있었던 거지? 그는 생각했다. 나를 기다리고 있었던 걸까?

아니, 그럴 리가 없어. 그는 분명 다른 무언가를 원했을 거야.

하지만 그것이 무엇을 원했는지 귀뚜라미는 알지 못했다.

귀뚜라미의 치유

취소된 생일

귀뚜라미는 집에 돌아와서야 다음 날이 자신의 생일이라는 게 떠올랐다.

그는 마른세수를 하더니 고개를 절레절레하고는 숲속의 모든 동물에게 편지를 썼다.

내 생일은 취소되었어.
안타깝게도.

귀뚜라미가

그는 혹시라도 편지를 읽지 못한 동물이 있을까 싶어 작고 슬픈 케이크를 하나 구웠다. 그리고 그 케이크를 자기 집 밖, 가시나무 덤불 옆에 탁자를 내놓아 올려두었다.

생일날 아침 그는 혼잣말로 중얼거렸다. "축하받을 게 뭐 있어, 귀뚜라미야."

"그래" 하고 그는 스스로 대답했다.

그는 슬픈 케이크를 탁자 위에 올려두고 탁자 한쪽 가에 앉았다. 햇볕은 쨍하게 내리쬐었고 날은 따뜻했으며 높은 하늘에서는 제비가 가끔씩 지나갔다. 아무도 오지 않았다. 귀뚜라미는 온종일 그 자리에 앉아 비어 있는 탁자를 응시했다. 오늘은 내 생일인데, 하고 그는 이따금 생각했다. 머릿속의 우울감이 그의 머리를 완전히 채웠고, 모든 생각이 그를 아프게 했다. 생각도 피를 흘릴 수 있을까? 그는 생각했다. 만약 흘릴 수 있다면 지금이 바로 그 순간일 거야.

오후 늦은 시각, 다람쥐가 가시나무 덤불 옆을 지나가다가 귀뚜라미를 보았다. 망설이던 다람쥐가 천천히 다가왔다.

"그래도 잠시 들르기로 했어." 다람쥐는 말했다.

그는 헛기침을 했다.

귀뚜라미는 고개를 끄덕였다.

"선물도 가져왔어." 다람쥐는 말했다. "여기, 받아." 그는 귀뚜라미에게 선물을 건넸다.

그 선물은 머리 전체를 감쌀 수 있는 모자였다.

　　　　　　　　　　　　　　　귀뚜라미의 치유

“한번 써볼까?” 귀뚜라미가 물었다.

“그래.” 다람쥐는 대답했다.

귀뚜라미는 모자를 걸친 다음 머리에 깊게 눌러썼다.

다람쥐는 케이크의 회색 부스러기 하나를 집어 먹어보고는 더 이상 손대지 않기로 했다.

그들은 오랜 시간 동안 아무 말 없이 마주 앉아 있었다. “아직도 우울해?” 다람쥐가 물었다.

“응.” 모자 속에서 귀뚜라미는 대답했다.

태양은 이미 나무들 뒤로 기울고 있었다.

“웃지 말기로 하자.” 귀뚜라미가 말했다.

“그래.” 다람쥐가 대답했다.

“노래도 부르지 말자.” 귀뚜라미가 말했다.

“그래.”

“춤도 절대로 추지 말고.”

“그래.”

“사실 너는 이 자리에 없는 거야, 다람쥐야.” 귀뚜라미는 말했다.

“그래, 사실 난 여기에 없어.” 다람쥐는 대답했다. “사실 여기엔 아무도 없는 거야.”

“맞아.” 귀뚜라미는 말했다. “바로 그거야. 사실 아무도 없는 거야.”

어둠이 깔릴 무렵 다람쥐는 자리에서 일어났다. "그럼" 하고 다람쥐는 말했다. "난 이제 가야겠다."

"그래." 귀뚜라미는 말했다.

귀뚜라미는 그 이상 아무 말도 하지 않았고, 다람쥐는 그에게 인사한 뒤 떠났다. 귀뚜라미는 여전히 탁자 앞에 앉아 있었고 모자는 그의 눈 위를 덮고 있었다. 달은 숲 너머로 떠올라 가시나무 덤불과 귀뚜라미의 모자 위에 빛을 내렸다.

나중에 편지 쓸게, 귀뚜라미는 생각했다. '고마워, 다람쥐야'라고 써야지. 하지만 지금은 아니야.

그는 자리에서 일어나 모자를 벗고 케이크를 덤불 속으로 던져버렸다. 그는 탁자를 안으로 들이고 침대에 누웠다. 그는 천장을 바라보았다. 나중이라는 것이…… 과연 그것이 실제로 존재할까? 하고 그는 생각했다.

그는 알 수 없었다.

무력감

귀뚜라미는 탁자에 앉아 생각했다. 뭔가 해야 해. 하지만 뭘 해야 할까?

머릿속의 우울감은 무겁고 단단히 틀어박혀 가끔씩 예상 못 한 강한 주먹질을 퍼부었다.

"뭘 원하는 거야?" 귀뚜라미는 물었다.

머릿속은 여전히 고요했다.

절대 대답하지 않겠다는 거군, 귀뚜라미는 쓴웃음을 지으며 생각했다. 그게 네가 원하는 거야.

어쩔 줄 몰라 하던 그는 편지를 쓰기로 결심했다.

존경하는 우울감 님,

안녕하신지요? 제가 어떻게 지내는지는 이미 잘 아시겠지요.

혹시 제가 당신을 위해 뭔가 할 수 있는 게 있을까요?

질문에 답을 드릴까요?

내가 답을 아는 질문에 당신은 답을 모를 수도 있으니까요.

(제가 모르는 답변에 대한 질문을 당신이 알고 있는 것처럼요.)

제가 그렇게 하면 당신은 떠나주실 건가요?

당신이 가고 싶어 할 멋진 곳을 떠올려볼까요?

예를 들면 바다? 아니면 달?

저는 당신이 떠난다면 기꺼이 도와드리고 싶습니다.

당신도 여기 영원히 머물진 않을 거잖아요?

당신이 자리 잡고 있는 이 머리의 주인 드림

바람이 불어 창문이 열리자 편지가 공중으로 날아올라 빙글빙글 돌며 사라졌다.

그리고 바람은 다시 잦아들었다. 귀뚜라미의 머릿속은 매우 고요했다. 이제 우울감이 읽고 있겠지, 귀뚜라미는 생각했다. 하지만 그는 확신할 수 없었고, 어쩌면 모든 게 자신이 만들어낸 환상일지도 모른다는 의심이 들었다. 심지어 우울감마저도.

그러나 잠시 후 바람이 다시 불더니 그의 탁자 위에 편지 한 장이 떨어졌다. 그것은 어둠이 깃든 편지로, 거기엔 두꺼운 검은 글씨로 이렇게 적혀 있었다.

무력감

그것이 전부였다. 아래에는 발신인의 이름도 없었다.

귀뚜라미는 고개를 떨구었다. "고맙다, 우울감아" 하고 그는 말했다. 그러고는 주먹으로 자신의 머리를 쳤다.

그는 의자와 함께 넘어졌고 탁자는 그 위로 엎어졌다.

편지가 그의 얼굴에 탁 떨어졌다.

무력감, 그는 다시 읽었다.

그러니까 내가 그를 위해 해줄 수 있는 건 아무것도 없군, 귀뚜라미는 생각했다. 그는 이미 모든 질문에 대한 모든 답을 알고 있으니까.

우울감이 치솟는 듯했다. 그것이 괴롭히기 시작했다. 하지만 어째서……?

만약은 없어

코끼리는 아팠다. 그는 참나무 아래 이끼 위에 등을 대고 누워 뜨겁게 달아오른 눈으로 참나무 꼭대기를 올려다보고 있었다.

그의 옆에는 다람쥐가 앉아 있었다.

가끔 코끼리는 신음을 내거나 몸을 떨었다.

"나는 어쩌면 더는 나무에 오르지 않을지도 몰라." 그는 갑자기 말했다.

다람쥐는 고개를 끄덕였다. 그러고 다시 주변은 고요해졌다.

"네가 만약 정말 다시는 나무에 오르지 않는다면 어떻게 될 것 같아?" 코끼리가 한참 뒤에 물었다.

"모르겠는데." 다람쥐는 대답했다. 햇빛이 비쳐서 그는 강물의 반짝이는 물결을 떠올렸다. 내가 정말 다시는 나무를 오르지 않는다면 어떻게 될까? 그는 생각해봤다.

"이게 뭐지?" 코끼리가 물었다. 그는 코끝으로 자신의 뜨거운 뺨을 타고 천천히 흘러내리는 두 줄의 굵은 물방울을 가리켰다.

다람쥐는 그 물방울들을 유심히 살펴보더니 말했다. "그건 눈물이야."

코끼리는 "아" 하더니 옆으로 몸을 돌렸다.

그는 오랜 시간 아무 말 없이 생각에 잠겼다. 그러고 나서 등을 다람쥐에게 돌린 채 말했다. "어쩌면 내가 너의 전등에도 더는 매달리지 않게 되겠지."

다람쥐는 발가락으로 이끼를 톡톡 건드렸다. 그건 정말 안타까운 일일 거야, 그는 생각했다. 하지만 그 말을 내뱉지는 않았다.

날씨는 따뜻했고, 다람쥐는 등을 젖히고 눈을 감았다.

그러다 그는 눈을 뜨고 깜짝 놀랐다. 코끼리가 사라져 있었다.

다람쥐는 주위를 둘러보았다.

그러고 나서 어디를 봐야 할지 알게 되었다. 코끼리가 참나무의 가장 낮은 가지 위에 서 있었다. "더는 못 하겠어." 코끼리는 말했다. 그는 이를 달달 떨며 휘청거리고 있었다.

"더는 나무에 오르지 않겠다고 하지 않았니?" 다람쥐는 물었다.

"그래." 코끼리는 대답했다. "나도 그럴 줄 알았어. 하지만 만약

　　　　　　　　귀뚜라미의 치유

무슨 끔찍한 일이 일어나면 어쩌지? 내가 한 번도 들어본 적 없는 일이?”

다람쥐는 아무 말도 하지 않았다.

“그럼 어쩌지?” 코끼리는 물었다. 그는 뺨이 달아올랐고, 다람쥐를 커다란 눈으로 바라보았다.

다람쥐는 무슨 대답을 해야 할지 몰랐다. 코끼리는 다음 가지 위로 발을 옮겼다. 하지만 그는 정말 더는 힘이 없었다. 그는 둔탁한 소리와 함께 뒤로 넘어가 땅에 떨어졌다.

코가 꺾이자 그는 조용히 말했다. “아야, 아야.”

다람쥐는 그에게 담요를 덮어주며 말했다. “잠을 좀 자봐.”

“이제 나는 정말 다시는 나무에 오르지 않을 거야, 다람쥐야.” 코끼리는 말했다. 그는 앞발로 자기 머리를 치며 쉰 목소리로 외쳤다. “무슨 일이 있어도!” 하지만 그것은 다람쥐에게 외친 것이 아니라 자기 자신에게 외친 것이었다. “좋아.” 그는 중얼거렸다. “널 믿을게. 하지만 만약…….” 그는 코를 흔들려고 했지만 그조차 할 수 없었다. “‘만약’은 없어.” 그는 말했다. “이제 절대 ‘만약’은 없을 거야.”

그 후로 그는 침묵했다.

하지만 얼마 지나자 그는 다람쥐를 향해 몸을 돌리고 물었다. “내 병이 치명적이라고 생각하니?”

다람쥐는 치명적이라는 말의 뜻을 몰라 대신 이렇게 말했다. "좀
쉬어."

그러고 코끼리는 잠이 들었다. 자는 동안 그는 몸이 나았다.

귀뚜라미의 치유

땅속에서

두더지와 지렁이는 땅속 어둠 속에 함께 있었다.

"지렁아, 너 혹시 그 소식 들었니?" 두더지가 물었다.

"뭘?" 지렁이가 되물었다.

"귀뚜라미가 우울해졌대." 두더지가 말했다.

"정말?"

"그래, 그렇게 됐다더라."

"어머나……."

둘은 땅을 내려다보았다.

"우리, 축하 인사를 해야 하지 않을까?" 지렁이가 물었다.

"그래야겠지." 두더지가 대답했다.

그래서 그들은 귀뚜라미에게 편지를 썼다.

친애하는 귀뚜라미에게,

우울해지는 데 성공한 것을 진심으로 축하해.

우리는 아직이야.

두더지와 지렁이가

두더지와 지렁이는 오랫동안 우울해지려고 애썼지만 결코 성공하지 못했다. 그들은 검은 거울 앞에 서서 어깨를 축 늘어뜨리고, 이마를 찡그리고, 태양을 떠올리며 기쁨 없는 눈빛을 사방으로 던져보곤 했다.

"거의 됐어." 그들은 서로에게 말했다. "우리도 거의 우울해질 뻔했어." 하지만 그들은 결코 완전히 우울해질 수는 없었다.

그날 밤 그들은 홍차를 마시며 귀뚜라미가 어떻게 우울해질 수 있었는지, 그리고 이제 무엇을 할지 궁금해했다. "그가 정말로 슬퍼할까?" 두더지가 물었다.

"모르겠어." 지렁이는 대답하며 코를 땅속에 파묻었다.

그들은 온밤을 함께 보냈다. 가끔씩은 우울한 한탄, 혹은 비탄과 불행에 대해 이야기했지만 대부분은 침묵 속에 있었다.

결국 그들은 방구석에서 춤을 추기로 했다. 둘은 서로 바짝 붙어 춤을 추었다.

  귀뚜라미의 치유

"우린 정말 춤을 잘 춰." 그들은 담담하게 말했다. 만약 우울한 춤을 출 수 있었다면 그 밤에 훨씬 더 멋지게 춤을 췄을 것이다.

아침이 되어서야 귀뚜라미로부터 답장이 도착했다.

> 친애하는 두더지와 지렁이에게,
>
> 나는 성공한 것이 아니야. 그저 그렇게 되어버렸을 뿐이야.
>
> 내가 너희였으면 좋겠어.
>
> 귀뚜라미가

하지만 두더지와 지렁이는 그 답장을 읽지 못했다. 그들은 잠들어 있었다.

귀뚜라미의 치유

별난 존재

귀뚜라미는 느티나무에 기대어 고개를 떨구었다. 우울감이 눈 안쪽에서 무겁게 눌러댔다. 하지 마, 그는 생각했다. 그러나 말은 하지 않았다.

그때 그는 무언가 두드리는 소리를 들었다.

"네" 하고 귀뚜라미는 말했다. 그는 주위를 둘러보았지만 아무도 보이지 않았다. 다시 두드리는 소리가 들렸다. 소리는 느티나무 안쪽에서 나는 것 같았다.

"네" 하고 귀뚜라미는 나무줄기 쪽으로 고개를 향하고 말했다.

잠깐 정적이 돌았다.

"뭐라고요?" 하고 나무 안에서 일하던 나무좀의 목소리가 들렸다.

"나를 부르신 건가요?" 귀뚜라미가 물었다.

“누구를요?” 나무좀이 물었다.

“귀뚜라미요.” 귀뚜라미가 대답했다.

“뭐라고요?” 나무좀이 다시 물었다.

“귀뚜라미요!” 귀뚜라미가 소리쳤다.

다시 잠깐 조용해졌다.

“뭘 하고 계신 건가요?” 나무좀이 물었다.

귀뚜라미는 잠시 생각하더니 대답했다. “저는 우울해요.”

“뭐라고 하셨죠?” 나무좀이 다시 물었다.

“우울하다고요.” 귀뚜라미는 말했다.

“뭐라고요?”

“우울하다고요!” 귀뚜라미는 느티나무 줄기에 입을 대고 최대한 크게 소리쳤다.

나무좀은 나무를 몇 번 툭툭 두드리더니 말했다.

“아직도 무슨 말인지 모르겠어요. 안으로 들어오시는 건 어때요?”

“어떻게요?” 귀뚜라미가 물었다.

“뭐라고요?”

“어떻게요!” 귀뚜라미가 다시 소리쳤다.

“참 나.” 나무좀이 말했다. “당신은 본인 말이 명확하다고 생각하시나 보군요. 어떻게라니…… 그 말을 누가 들었겠어요?”

귀뚜라미의 치유

귀뚜라미는 아무 말도 하지 않았다.

"어디 가던 길 아니었어요?" 나무좀이 물었다.

"아니요." 귀뚜라미가 대답했다.

"왜 안 가는데요?"

귀뚜라미는 이유를 몰랐다.

"어디로 안 갈 거예요?" 나무좀이 물었다.

귀뚜라미는 고개를 끄덕였지만 말은 하지 않았다.

"제가 무슨 생각 하는지 알아요?" 나무좀이 말했다.

"모르겠어요." 귀뚜라미가 대답했다.

"당신은 참 별난 존재라는 생각이요." 나무좀이 말했다.

"아." 귀뚜라미가 말했다.

"제 말에 동의하시나요, 안 하시나요?"

귀뚜라미는 아무 말도 하지 않았다.

그때 나무좀이 나무 밖으로 고개를 내밀었다. "당신과 공기." 나무좀은 말했다. "둘 다 별난 존재예요."

그는 다시 나무 속으로 들어가며 말했다. "저는 별난 존재들한테 쓸 시간이 없어요."

"그럼 무엇에 시간을 쓰는데요?" 귀뚜라미는 물었다.

"뭐라고요?" 나무좀이 되물었다.

귀뚜라미는 대답하지 않았다. 나는 무엇에 시간을 쓰고 있을까, 그는 생각했다. 그는 어깨를 으쓱였다. 아무것에도, 하고 그는 생각했다. 그의 모든 시간이 마치 우울감에게 전부 삼켜진 것 같았다.

"안녕히 가세요, 별난 존재 님." 나무좀이 말하고는 느티나무의 굵은 가지 속으로 사라졌다.

"안녕히 계세요, 나무좀 님." 귀뚜라미가 말했다.

별난 존재라…… 귀뚜라미는 생각했다. 내가 별난 존재라니. 한때는 노래하고 춤추던 나인데…….

그는 한숨을 쉬어보려고도 하고 울어보려고도 했지만 아무 일도 일어나지 않았다. 그는 그저 그 자리에 앉아 있었다.

 귀뚜라미의 치유

꿈속에서

어느 날 아침 코끼리는 떡갈나무 밑에서 잠이 들었다.

숲은 고요했다. 장미 덤불 속에서 호박벌이 윙윙거리며 날고 있었고 인동초 향이 나무 사이를 맴돌았다.

막 잠들었을 때 코끼리는 자리에서 일어나 앞발을 떡갈나무를 향해 내밀더니 나무에 오르기 시작했다.

난 지금 자고 있는 걸 거야, 코끼리는 생각했다. 그는 눈을 꼭 감고 있었다.

그는 침착히 허리를 곧게 펴고 나무를 타고 올라갔다.

정말 편안히 자고 있군, 그는 생각했다.

머리 위에서 웅성거리는 소리가 들렸다. 파티에서 나는 소리구나, 그는 생각했다. 참 즐겁네! 꿈속에서 파티라니!

떡갈나무 꼭대기에 이르렀을 때 그는 아주 더웠다. 여긴 사막인가 보군, 그는 생각했다. 웅성거림은 점점 커졌고 바람은 떡갈나무 꼭대기를 이리저리 흔들었다.

누군가 나를 잡아당기고 있어, 코끼리는 생각했다. 나랑 춤추고 싶나 보네. 정말 친절한걸!

"좋지." 그는 말했다. 그러고 춤을 추기 시작했다. 누구와 춤을 추는지는 알 수 없었다. 눈이 여전히 감겨 있었기 때문이다. 어차피 난 자고 있는 거야, 그는 생각했다.

"우린 정말 멋지게 춤을 추고 있군요." 그는 말했다. 그러나 상대방은 바스락거리는 소리만 낼 뿐 아무 대답도 하지 않았다.

"내가 피루엣을 한번 해볼까요?" 코끼리는 물었다. "괜찮겠어요? 간단한 피루엣인데."

그때 목소리가 들렸다. "코끼리야! 코끼리야!"

그는 눈을 떴다. 아래를 내려다보니 떡갈나무 저 밑에 다람쥐가 서 있었다. 코끼리는 한쪽 다리로 서서 피루엣을 막 시작하려던 참이었다.

"웅?" 그는 소리쳤다. 그는 그 순간 균형을 잃고 나뭇가지들 사이로 잎사귀들을 다 끌고서 떨어져 다람쥐의 발 앞에 쿵 하고 착지했다.

"나 왜 깨어났지?" 그는 신음을 하다가 한참 뒤에 눈을 떴다. "항상 깨어난다니까." 그의 눈에 눈물이 고였다.

다람쥐가 그의 옆에 앉아 있었다.

"미안해, 코끼리야." 다람쥐가 말했다. "우리 집에 놀러 오라고 하려고 했어."

코끼리는 코로 눈가의 눈물을 닦았다.

"그 전등 아직 있어?" 그는 속삭였다.

"응." 다람쥐가 대답했다.

잠시 후 그들은 너도밤나무로 향했다.

다람쥐는 코끼리를 부축했고 코끼리가 나무 위로 올라가는 데 힘을 보탰다.

"난 그 천장에 달린 전등을 말하는 건데?" 코끼리가 물었다. 너도밤나무를 반쯤 오른 지점이었다.

"응." 다람쥐는 숨을 헐떡이며 대답했다. 코끼리는 무거웠고 다람쥐의 집은 너도밤나무 꼭대기 가까이에 있었다.

도롱뇽의 우울

도롱뇽은 귀뚜라미가 우울하다는 소식을 듣고 가게를 열기로 결심했다.

한쪽이 우울하면 다른 쪽도 우울해지고 싶어 하지, 그는 생각했다. 누군가 케이크를 원하면 다른 이도 케이크를 원하게 되는 법이니까.

도롱뇽은 아카시아 나무 아래에 가게를 열고 '우울'을 판매하기 시작했다.

오후가 한창일 무렵 백조가 가게 앞을 지나갔다. "여기서는 어떤 우울을 팔아요?" 그는 물었다.

도롱뇽은 백조를 바라보았다. 점잖은 손님이군, 그는 생각했다. "다양한 우울을 준비했습니다." 그는 말했다. "분명히 손님 취향에

맞는 우울이 있을 겁니다."

도롱뇽은 선반에서 여러 가지 우울을 꺼내 와 계산대 위에 펼쳐 놓았다.

"이건 우아한 우울입니다." 그는 말했다. "그리고 이건 희귀하고 절제된 우울이에요."

"아." 백조는 감탄하며 말했다. "참 아름답군요." 그러면서 그는 작고 검지만 투명한 우울을 얼굴 앞에 들었다.

"이걸 보고 나를 보는 모든 이가 탄식하겠죠?"

"의심할 여지 없이요." 도롱뇽은 대답했다. "그리고 정해진 때에 아주 섬세하게 눈물을 닦아낸다면 더욱 비통해 보일 겁니다."

백조는 혹독한 겨울 같은 우울, 퀴퀴하고 검은 비애, 날카로운 원한의 우울, 그리고 가슴이 미어지는 창백한 우울을 살펴보았다. 그러나 결국 그는 희귀하고 절제된 우울을 선택하더니 진지한 표정으로 가게를 떠났다.

늦은 오후, 귀뚜라미가 도롱뇽의 가게 앞에 멈춰 서서 진열창을 바라보았다.

도롱뇽은 귀뚜라미를 보고 가게 밖으로 나왔다. 그는 손으로 입을 가리고 말했다. "아이고…… 참으로 눈부신 우울이군요……." 그는 고개를 저으며 귀뚜라미를 이리저리 살폈다.

"혹시 그것을 팔 생각이 있으신지, 귀뚜라미 님……." 그는 잠시 생각에 잠긴 듯 말했다. "그건 정말 눈을 뗄 수 없을 만큼 매력적이네요. 감탄스러워요!"

하지만 귀뚜라미는 도롱뇽을 지나쳐 나무들 사이의 어둠을 바라보았다. 그의 우울감이 이쪽 귀에서 저쪽 귀로 머릿속을 왔다 갔다 하며 쿵쿵 울려댔다.

"모르겠어요." 귀뚜라미는 말했다.

"만약 마음이 바뀌면 알려주세요, 귀뚜라미 님……." 도롱뇽은 말했다.

새로운 손님들이 가게를 찾았다. 그들은 단 하룻밤 느낄 수 있는 작은 우울부터 몇 년간 지속될 우울, 가시가 있거나 미끈거리는 비늘이 있는 우울까지 다양하게 찾고 있었다.

도롱뇽은 무척 즐거운 모습으로 계산대 이리저리를 뛰어다니며 손님들을 맞이했다. 그는 누구도 실망시키지 않았다.

오후가 끝나갈 무렵 그는 남아 있는 모든 우울에 검은 천을 덮었다. 그러지 않으면 색이 바래서 아무도 사고 싶어 하지 않을 거라고 그는 생각했다.

그 시각 귀뚜라미는 이미 숲 깊은 곳으로 걸어 들어가고 있었다. 어디로 향하는지도 모르는 채였다. 햇빛은 나무들 사이로 낮게 비

치고 있었다. 날은 따뜻했지만 귀뚜라미는 몸이 으슬으슬 추워 떨
고 있었다.

오해

　귀뚜라미는 고개를 떨군 채 자신의 집 앞을 서성이고 있었다. 그의 날개는 양쪽 옆구리에 축 처져 있었고 발은 무겁고 둔하게 느껴졌다.

　나는 왜 이렇게 우울할까? 그는 생각했다. 도대체 왜?

　그는 이미 수백 번이나 같은 질문을 해왔지만 답을 찾을 수 없었다. 그럼에도 불구하고 그는 계속 물었다. 왜? 왜?

　난 원래 이렇게 우울하지 않았잖아? 그는 생각했다. 그는 숲속을 뛰어다니고 날아다니며 즐겁게 노래하던 자신의 모습을 떠올렸다. 그건 정말 나였을까? 그리고 지금 이건…… 정말 나일까?

　그는 고개를 저었다.

　아마 이 우울감은 나를 착각했는지도 몰라, 그는 생각했다. 귀뚜라미는 갑자기 걸음을 멈췄다. 어쩌면 나를 다른 누군가로 오해하고 있는지도 몰라!

그는 자기 머리를 손가락으로 톡톡 두드리고 말했다. "이봐, 우울."

아무런 대답이 없었다. 그는 그럴 줄 알았다며 다시 걸음을 옮겼다. "너 지금 네가 어디 있는지 알고 있는 거지?" 귀뚜라미는 물었다. "혹시 네가 딱정벌레의 머릿속에 있다고 생각하는 건 아니지? 아니면 까마귀? 그렇다면 큰 착각이야. 너는 지금 귀뚜라미, 내 머릿속에 있는 거라고! 그건 몰랐지? 나는 귀뚜라미야. 항상 즐겁고 활기찬 귀뚜라미라고, 우울!"

그는 다시 조용히 하고 집중해서 귀를 기울였다. 그러나 머릿속에서는 어떤 소리도, 쿵쿵 울리는 느낌도 없었다. "착각한 건 괜찮아, 우울." 그는 말했다. "나도 착각을 자주 하거든. 어떨 때 나는 노래를 부르려는 순간에 날아오르고, 또 어떨 때에는…… 어휴, 그 이야기는 하지 말자."

잠시 숨을 고른 뒤 그는 주변을 둘러보며 다시 말했다. "난 너에게 아무것도 원망하지 않아, 우울. 정말이야. 너는 당당히 내 머릿속에서 나가도 돼."

그는 잠시 기침을 했다. 방금 자신이 한 마지막 말이 꽤 이상하다고 느껴졌다. 하지만 동시에 그것이 아름답다는 생각도 들었다. 나도 다시 당당히 고개를 들 수 있으면 좋을 텐데, 하고 그는 생각했다.

아무 일도 일어나지 않았다. "어서 가라니까." 귀뚜라미는 말했다. "어서 나가라고. 나는 귀뚜라미야. 귀뚜라미라고, 우울! 딱정벌레도, 까마귀도, 오징어나 흰개미도 아니야! 나는 귀뚜라미야! 네가 착각했어. 길을 잃은 거라고. 어서 가버려!"

이른 아침, 햇살은 보리수 가지 사이로 부드럽게 비치고 있었고 강에서는 잉어가 기운차게 고개를 내밀고 있었다.

귀뚜라미는 더 이상 무슨 말을 해야 할지 몰랐다. 머릿속에서는 아무런 일도 일어나지 않았다. 우울감은 여전히 그 자리에 머물러 있었다.

그러자 그는 머리를 움켜잡고 흔들다가 땅에 내리쳤고, 더듬이도 최대한 세게 잡아당겼다. 그러고는 바닥에 풀썩 쓰러졌다.

보리수 밑 마른 흙바닥 위에 그는 대자로 누워 있었다. 녀석은 잘못 찾아온 게 아니었어, 그는 생각했다. 이 우울은 나와 함께 있어야 해. 여기가 집이니까.

　　　　　　　　　　　　　귀뚜라미의 치유

두 개의 우울

귀뚜라미는 풀밭에 앉아 있었다. 머릿속에 들어앉은 우울감이 북채로 그의 머리 안쪽을 두드리고 있었다.

옆에는 코끼리가 앉아 있었다. "나무를 오르면 말이야." 코끼리는 말했다. "우울할 수가 없어. 그건 불가능해."

"왜 불가능하다는 거야?" 귀뚜라미가 물었다.

"그건 법칙이거든." 코끼리는 대답했다.

"그러다 떨어지면?" 귀뚜라미가 다시 물었다.

"떨어지면 말이야," 코끼리는 말했다. "아프기야 하지. 하지만 우울하지는 않아." 코끼리는 이마에 주름을 잡고 깊은 생각에 잠겼다. "맞아." 그는 다시 말했다. "우울하진 않아."

귀뚜라미는 아무 말도 하지 않았다.

"같이 나무에 올라가보지 않을래?" 코끼리가 제안했다.

"정말 우울하지 않은 거 확실해?" 귀뚜라미는 물었다.

"확실하지." 코끼리가 말했다. "난 코끼리잖아. 내가 나무에 오르거나 떨어질 때 우울했던 적은 한 번도 없어."

잠시 후 그들은 커다란 참나무를 타고 오르기 시작했다.

"네가 먼저 올라가." 코끼리가 말했다.

맑고 아름다운 날이었다.

"올라가니까 기분이 좋지 않니?" 코끼리는 이따금씩 말했다.

하지만 귀뚜라미는 아무 말도 하지 않았다. 머릿속의 우울감이 어디선가 플루트를 찾아내더니 그의 귓속에서 최대한 시끄럽게 불협화음을 불어젖혔다.

나무 꼭대기에 도착하자 코끼리가 말했다. "여기야."

"뭐가?" 귀뚜라미가 물었다.

그러나 코끼리는 기분 좋게 나팔 소리를 내며 귀를 펄럭이기 시작했다.

귀뚜라미 머릿속의 우울감은 날카로운 음을 최대한 길게 뽑아내며 계속 괴롭혔다. 귀뚜라미는 두 손으로 귀를 막았지만 소용없다는 걸 알았다.

코끼리는 코 울림을 멈추고 목을 가다듬더니 말했다. "내가 딱

한 가지 확실히 아는 건, 한 발로 서면 안 된다는 거야. 특히 참나무 꼭대기에서는 말이지. 그리고 피루엣을 돌면 더더욱 안 돼."

그는 한 발로 서서 피루엣을 시도하며 말했다. "하지만 어디 한번……." 그는 어깨를 으쓱했다.

그러고 그는 떨어지기 시작했다.

"어이쿠!" 하고 소리친 코끼리는 자신의 몸을 지탱하려고 귀뚜라미의 코를 붙잡았다.

그들은 함께 아래로 떨어졌다. 두꺼운 나뭇가지가 부러지면서 그들을 때렸다.

잠시 후 그들은 눈을 떴다. 코끼리의 뒤통수에는 큰 혹이 나 있었다. "하지만 난 우울하지 않아." 코끼리는 낮게 신음하며 말했다.

귀뚜라미는 날개에 멍이 들고 코가 부러졌다. 등에는 두 개의 혹이 생겼고 다리는 움직이지 않았다. "나 우울해." 귀뚜라미는 말했다. 그의 머릿속에 있던 우울감은 이제 북까지 두드리며 한껏 승리감에 취해 있었다.

코끼리는 그를 보며 쉰 목소리로 말했다. "그렇담 나도 모르겠다." 그는 코로 자신의 뒤통수를 조심스럽게 만지며 중얼거렸다. "아야, 아야."

귀뚜라미는 일어서보려 했지만 머릿속의 북소리를 피할 수 없었다. "혹시 다람쥐 집에 가서 그 천장 전등에 매달려보는 건 어때?" 코끼리가 말했다. "그럼 나는 절대 우울하지 않거든."

귀뚜라미는 다시 일어서보려 했지만 머릿속 북소리가 점점 커져갔다.

코끼리는 일어나 몸에 묻은 흙을 털고는 절뚝거리며 자리를 떠났다.

귀뚜라미는 여전히 대자로 누워 있었다. 머릿속의 우울감은 북을 두드리는 동시에 시끄럽고 날카로운 나팔까지 불어댔다. 어쩌면 우울감은 둘일지도 몰라, 하고 그는 생각했다.

귀뚜라미의 치유

새로운 힘

귀뚜라미는 다람쥐의 문을 두드렸다. 저녁이 막 시작될 무렵이었다.

"누구세요?" 다람쥐가 물었다.

"나야." 귀뚜라미가 말했다. "우울한 귀뚜라미."

"들어와." 다람쥐가 말했다. 문이 열렸다.

귀뚜라미는 집 안으로 들어갔다.

"어서 와, 귀뚜라미야." 다람쥐가 말했다. "차 한잔 마실래? 아니면 다른 거라도?"

귀뚜라미의 머릿속에서는 우울감이 금속으로 된 나팔 같은 것을 불어대고 있었다. 이런 소리는 귀뚜라미도 처음이었는데, 크고 거슬리는 소리였다.

"나 그럴 기분 아니야." 귀뚜라미가 말했다. "나 우울해."

“앉아.” 다람쥐가 말했다.

“내가,” 귀뚜라미가 말했다. “너의 전등에 매달려도 될까?”

“물론이지.” 다람쥐가 대답했다.

“그러면 우울하지 않을지도 모르겠어.”

“그럴 수도 있겠다.” 다람쥐가 말했다.

둘은 차를 마셨다.

“들리니?” 귀뚜라미가 물었다.

그의 머릿속에서는 우울감이 마치 합창단처럼 우울한 노래 연습을 하듯 울리고 있었다. 다람쥐는 귀뚜라미의 머리에 귀를 대보았지만 아무 소리도 들리지 않았다.

차를 다 마시고 나자 귀뚜라미가 말했다. “그럼 나 이제 전등에 매달려도 돼?”

“그럼.” 다람쥐가 말했다.

귀뚜라미는 탁자 위로 올라가 전등을 붙잡고 매달렸다. 다람쥐는 침대 가장자리에 앉아 그 모습을 지켜보았다.

귀뚜라미는 매달려 한동안 조용히 흔들렸다. 머릿속 우울도 조용히 그와 함께 흔들리고 있었다.

“탁자 위를 지나갈 때에는 ‘안녕, 다람쥐야!’ 하고 외쳐봐.” 다람쥐가 말했다.

　　　　　　　　　　　　귀뚜라미의 치유

귀뚜라미는 탁자 위를 지날 때마다 말했다. "안녕, 다람쥐야!"

"더 높이 흔들어봐." 다람쥐가 말했다.

귀뚜라미는 더 높이 흔들었다.

"더, 더 높이." 다람쥐가 말했다. 그러면서 거의 들리지 않게 한숨을 내쉬었다.

그러다가 귀뚜라미는 전등과 함께 탁자 위로 떨어졌다. 탁자는 부서졌고 귀뚜라미의 몸은 아직 아프지 않던 부위까지 아프기 시작했다.

하지만 그의 머릿속 우울감은 환호하거나 무언가를 짓이기는 듯했는데, 귀뚜라미는 그것이 정확히 무엇을 하고 있는지 알 수 없었다.

"미안해." 귀뚜라미가 중얼거렸다. "정말 미안해, 다람쥐야."

"아직도 우울하니?" 다람쥐가 물었다.

귀뚜라미는 고개를 끄덕였다.

전등과 탁자 파편 사이에서 둘은 다시 차를 마셨다.

"미안해." 귀뚜라미는 한 모금 들이켤 때마다 말했다.

"괜찮아." 다람쥐는 매번 대답하면서 그의 빈 잔을 다시 채워주었다.

한밤중에 귀뚜라미는 기어가듯 집으로 돌아갔다. 그의 머릿속 우울감은 잠잠해졌다. 하지만 여전히 그 자리에 있기는 했다. 새로

 귀뚜라미의 치유

운 힘을 모으고 있구나, 귀뚜라미는 생각했다. 우울감이 새로운 힘
을 얻어 어떤 일을 벌일지 생각하니 그는 몸이 떨렸다.

땅강아지의 편지

어느 날 오후 귀뚜라미는 한 통의 편지를 받았다.

존경하는 귀뚜라미 님께,

조만간 제 생일이 다가옵니다.

귀뚜라미 님에 대한 이야기를 많이 들었습니다.

거의 모든 이가 귀뚜라미 님을 두고 고개를 젓는다고 하더군요.

하지만 저는 아닙니다.

귀뚜라미 님이 제 생일에 오셔서 저와 함께 우울하게 보내주실

수 있을까요?

저는 그것을 그렇게 하기로 했습니다.

저는 너무나도 행복한 생일에 질렸습니다……

귀뚜라미의 치유

선물로는 제가 웃거나 실수로 깊이 만족한 표정을 지을 때에도 항상 우울해 보이는 거울을 주시면 좋겠습니다.

저는 음산한 케이크를 준비하겠습니다.

다른 동물은 초대하지 않으려 합니다. 혹시라도 누군가 기쁨을 만들어낼지도 모르니까요!

귀뚜라미 님은 꼭 참석해주시리라 믿습니다.

저를 실망시키지 않으시겠지요. 아니, 오히려 저를 꼭 실망시켜주시길 바랍니다!

땅강아지 드림

같은 날 오후 귀뚜라미는 답장을 썼다.

존경하는 땅강아지 님께,

더는 그렇게 못 하겠습니다.

귀뚜라미 드림

떨어짐과 오름

코끼리는 떡갈나무 아래 잔디밭에 누워 있었다. 그는 뒤통수에 난 혹을 만지며 가끔씩 나지막이 신음을 냈다.

조금 전 그는 떡갈나무 꼭대기에서 거꾸로 떨어진 참이었다. 그의 주위에는 잎사귀들과 부러진 잔가지, 나뭇가지 들이 흩어져 있었다.

무언가 바스락거리는 소리가 들렸다. 하지만 그는 그것이 자신의 머릿속에서 나는 소리인지 아니면 바깥에서 나는 소리인지 분간할 수 없었다. 코끼리는 조심스럽게 눈을 떴다.

그의 눈앞에 크고 무거운 형상이 서 있었다. 그것은 긴 머리카락을 뺨에 늘어뜨리고 거대한 이빨을 드러낸 채 코끼리를 주의 깊게 바라보고 있었다.

“안녕, 코끼리야.” 그 형상이 말했다.

“누구세요?” 코끼리가 물었다.

“나는 ‘떨어짐’이다.” 그 형상은 대답했다.

“안녕하세요, 떨어짐 님.” 코끼리는 한숨을 내쉬며 말했다. 그는 아직 어리둥절해서 놀랄 겨를도 없었다. “여기서 뭘 하고 계세요? 저는 이미 떨어졌어요.”

“나는 네가 다시 올라갈 때를 기다리고 있다.” 떨어짐은 말했다.

“그럼 오래 기다리셔야겠네요.” 코끼리는 대답했다.

“얼마나 기다려야 오래 기다린다는 거지……?” 떨어짐은 자신의 거대한 어깨를 으쓱였다.

“오래란 아주 오래예요.” 코끼리는 다시 뒤통수를 만지며 말했다. “오래는 항상이죠. 그건 확실해요!”

떨어짐은 작은 책자를 꺼내더니 책장을 넘기며 중얼거렸다. “항상이라, 항상…….” 그는 목소리를 가다듬고 말했다. “여기 쓰여 있군. ‘항상: 한동안, 영원히. 혹은 단 한 순간, 또는 몇 초 동안.’”

코끼리는 눈을 꼭 감았다. 그런 거였군, 그는 생각하며 심각한 표정으로 고개를 끄덕였다.

눈을 다시 뜨자 떨어짐은 사라지고 없었다.

코끼리는 주위를 둘러보며 일어나려고 애썼다. 왜 다른 동물들은 절대로 떨어지지 않지? 그는 생각했다. 왜 항상 나만 떨어지는 걸까?

주위는 고요했다. 하지만 그 와중에 그는 어딘가에서 희미하게 들려오는 목소리를 들을 수 있었다. "왜냐하면 네가 가장 멋지게 떨어지기 때문이야…… 아무도 너만큼 아름답게 떨어지지 않아……."

그래그래, 코끼리는 생각했다. 그는 간신히 몸을 일으켜 떡갈나무의 맨 아래 가지에 발을 올렸다. 깊은 한숨을 내쉬며 그는 생각했다. 몇 초라면 길지 않지.

그는 또다시 바스락거리는 소리를 들었다. 하지만 그것이 자신의 머릿속에서 나는 소리인지 멀리서 나는 소리인지 여전히 알 수 없었다.

뭐 어쩌겠어, 그는 생각하며 나무를 타고 올라가기 시작했다.

오르는 동안 그는 가끔씩 주위를 둘러보았다. 태양은 하늘 높이 떠 있었고 멀리서는 강물이 반짝반짝 빛났다. 위에서는 떡갈나무 잎사귀들이 살랑살랑 흔들리고 있었다.

코끼리는 고개를 끄덕이며 점점 더 빨리 올라갔다.

거의 꼭대기에 도달하자 새로운 목소리가 들려왔다. "안녕, 코끼리야." 목소리는 말했다. 코끼리는 작고 우아한 형체를 보았다.

"누구세요?" 코끼리는 물었다.

“나는 ‘오름’이야.” 그 형체는 대답했다. “너의 오름.”

그 형체는 나타났을 때만큼이나 갑작스럽게 사라졌다.

아, 나의 오름, 코끼리는 생각했다. 그건 나의 오름이었구나……. 그는 행복과 기쁨으로 얼굴이 화끈거리는 느낌이었다.

한걸음에 떡갈나무 꼭대기에 도달한 그는 문득 떨어짐과 오름의 의미를 깨달았다. 오름은 내 것이고 떨어짐은 나중에 걱정하면 돼. 그는 그 마지막 말을 크게 외쳤다. “떨어짐은 나중에 걱정할 일이다!”

마침 그 근처를 지나던 다람쥐가 위를 올려다보며 말했다. “뭐라고 외쳤니?”

“떨어짐은 나중에 걱정할 일이야!” 코끼리는 다시 외쳤다. 그는 한 발로 서서, 반짝반짝하는 눈을 하고서 평생 느껴본 적 없는 행복감을 느끼며 회전을 시도했다.

축제

동물들은 숲 한가운데서 축제를 열기로 했다. 우울감을 몰아내기 위해서라고 그들은 말했다. 그리고 귀뚜라미를 위해서라고.

모든 동물이 모였고, 마치 귀뚜라미의 생일이라도 되는 양 선물을 가져왔다. 그들은 밝은색 모자, 두꺼운 겨울 코트, 쓸모없지만 축제 분위기를 살리는 온갖 물건을 선물했다.

귀뚜라미는 큰 탁자 뒤 중앙에 앉아 있었다. 그의 머릿속에서는 우울감이 철로 된 왕좌에 앉아 불분명한 명령을 큰 소리로 내리고 있었다.

"고마워, 하마야." 귀뚜라미는 중얼거렸다. "고마워, 나비야. 고마워, 백조야."

그는 선물들을 바닥 뒤쪽으로 밀어놓고 탁자 위에 몸을 기댔다.

곰은 케이크를 가져왔다.

"이건 꿀 케이크란다, 귀뚜라미야. 내가 생각할 수 있는 가장 맛있는 케이크지." 곰은 말했다. "하지만 네가 좋아할지는 모르겠어. 어쨌든 난 좋아해."

곰은 케이크를 귀뚜라미 앞에 놓았다. 귀뚜라미는 고개를 끄덕였다.

"아니면 확실히 알아보기 위해 내가 먹어봐야 할까?" 곰은 물었다. "그럼 적어도 한 명은 이걸 맛있게 먹겠지." 곰은 케이크를 도로 들어 자신의 입에 넣었다.

동물들은 매우 신나 있었다. 그들은 그렇게 하기로 약속했었다. 그들은 여름, 달, 그리고 강물이 졸졸 흐르는 소리에 대한 노래를 불렀고 모두가 서로서로 춤을 추었다. 개미는 다람쥐와, 두꺼비는 코끼리와, 기린은 왜가리와 춤을 추었다.

따뜻한 여름날 저녁이었다. 별들은 하늘에서 반짝였고 강물은 빛났다.

가끔씩 특별한 이유 없이 환호성이 터져 나왔다.

반딧불이는 버드나무 가지 위에서 빛났고, 나비와 장미 덤불 아래에서 춤을 추었다.

정말 멋진 축제야, 모두가 생각했다. 늦은 밤이 되자 축제는 더욱

흥이 올랐다. 코뿔소는 하마를 번쩍 들어 올렸고 거북은 자신을 잊고 이리저리 뛰어다녔다. 달팽이는 낄낄거리며 자신의 더듬이로 일어서서 걸으려 했다. 바다코끼리는 이렇게 흥겨운 적이 없었다고 말했다. "그렇지 않아?" 그는 모두에게 물었고 모두는 이렇게 대답했다. "그래, 너 정말 흥겨워 보여, 바다코끼리야." 두더지와 지렁이는 달빛을 무시하고 야외에서 춤을 추었고 코끼리는 기린의 목에 올라갔다가 땅에 쿵 하고 떨어지며 외쳤다. "이건 즐거운 것에 포함시키지 마!"

평소 웃을 줄 몰랐던 동물들도 웃었고, 심지어 물고기들도 노래하며 지느러미로 서로의 등을 툭툭 쳤다.

그러나 귀뚜라미는 탁자 앞 의자에 앉아 조용히 있었다. 가끔씩 그의 뺨을 따라 눈물이 한 방울 한 방울 흘러내렸다. 하지만 아무도 그를 쳐다보지 않았다.

귀뚜라미는 탁자를 손가락으로 천천히 드럼 치듯 두드리면서 자신의 손가락을 바라보았다. 우울한 손가락, 그는 생각했다.

귀뚜라미는 의자에서 미끄러져 내려와 탁자 아래로 들어갔다.

그제야 그는 아무에게도 보이지 않았다.

   귀뚜라미의 치유

정말 긴 하루

귀뚜라미는 집 뒤에 땅을 파서 작은 구멍을 만들었다. 그 안에 들어가 앉자 몸이 딱 맞았다. 뒷머리만 살짝 땅 위로 나왔다.

그는 검은 모자를 걸쳐 머리에 깊숙이 눌러썼다.

그러고 온종일 그렇게 앉아 있었다.

가끔 동물들이 지나가며 그에 대해 이야기하는 소리가 들렸다.

"여기에 귀뚜라미가 살아."

"그래?"

"응. 아주 우울한 귀뚜라미야. 너도 알지?"

"알지. 그건 모두가 알아."

"그래."

"그런 기분은 어떤 걸까?"

귀뚜라미의 치유

“우울하다는 거 말이야?”

“응.”

“내가 자세히 설명해줄게. 자, 봐…….”

그러나 그들의 목소리는 곧 멀어졌다.

귀뚜라미는 바람이 문틈으로 편지를 밀어 넣는 소리를 들었다.

그러고 몇 시간 뒤, 그 편지가 휘몰아치는 바람에 도로 날아가면서 내는 휘파람 소리도 들었다.

정오가 지날 무렵 귀뚜라미 집 앞에 누가 와서 멈춰 섰다. 그는 귀뚜라미를 불렀다. “귀뚜라미야!”

귀뚜라미는 발길이 왔다 갔다 하고 발끝을 집 안으로 슬쩍 들이밀어보기도 하는 소리를 들었다. 잠시 후 그는 다시 길을 떠나며 중얼거렸다. “여기 없나 보네.”

맞아, 나는 여기에 없어, 귀뚜라미는 생각했다.

그는 몸을 웅크린 채 숨 쉬고 생각하는 것 말곤 아무것도 할 수 없었다.

완전히 어두워지고 나서야 그는 구덩이에서 기어 나와 집으로 들어갔다. 그는 달콤한 미나리아재비가 담긴 단지를 한참 들여다보았지만 결코 먹지는 않았다.

그 후 그는 침대에 누웠다.

정말 긴 하루였어…… 그는 생각했다.

한밤중에 나방이 작은 쪽지를 남기고 갔다. 그는 단지 인사만 하고 싶었던 모양이었다. 그러고 새벽녘, 반딧불이가 벽 틈으로 속삭였다. "보이니, 귀뚜라미야?"

귀뚜라미는 고개를 돌려 벽 틈에서 들어오는 희미한 빛줄기를 보았다.

"응." 그는 말했다.

"아주 좋아." 반딧불이는 말했다.

아주 좋다…… 귀뚜라미는 생각했다. 그런데 그건 또 무슨 의미지? 의미는 무슨, 하고 그는 생각했다. 그건 아무 의미 없어. 모든 것이 그렇듯이.

　귀뚜라미의 치유

좋아져야 한다

귀뚜라미가 잠에서 깼을 때 태양은 빛났고 하늘은 온통 파랬다.

그는 일어나려고 했지만 머릿속 우울감은 그를 아래로 잡아끌었다. 다시 집 뒤의 구멍으로 가서 들어앉을까 하는 생각도 했지만, 그는 그대로 등을 대고 누워 진흙과 눈보라를 떠올렸다.

얼마 후 바스락거리는 소리가 들렸다. 바람이 그의 문틈으로 작고 빨간 편지를 밀어 넣었다.

귀뚜라미는 한참 동안 누워 있었다. 머릿속 우울감이 으르렁거렸다. "넌 더 이상 아무것도 할 수 없어."

그래, 난 아무것도 할 수 없어, 귀뚜라미는 생각했다.

"그리고 넌 앞으로도 영원히 아무것도 못 할 거야." 우울감은 으르렁댔다.

그래, 난 영원히 아무것도 못 할 거야, 귀뚜라미는 생각했다.

하지만 그는 결국 일어나 편지를 집어 들었다.

그는 읽었다.

> 친애하는 귀뚜라미에게,
>
> 네가 우울하다는 이야기를 들었어.
>
> 내가 보기엔 이렇게 해야 해.
>
> 좋아지는 거야.
>
> (내가 누군지는 중요하지 않아)

귀뚜라미는 편지를 다시 읽었다. 내가 누군지는 중요하지 않아…… 그는 생각했다. 누구일까? 그는 중요하지 않은 동물이 누가 있는지 떠올려보았다. 모기? 나방? 벼룩? 동갈방어?

아니, 중요하지 않은 동물은 없어, 그는 생각했다. 하지만 확신할 순 없었다. 어쩌면 모든 동물이 조금은 중요할지도 몰랐다.

우울감은 머릿속을 두들기고 있었다.

나는 확실히 중요하지 않아, 귀뚜라미는 생각했다. 난 정말 중요하지 않아. 내가 제일 중요하지 않은 존재야.

하지만 그 편지는 자기가 쓴 게 아니었다.

귀뚜라미는 편지를 다시 읽어보았다. 좋아지는 거야…… 그게 무슨 뜻일까? 그는 알 수 없었다. 좋아지다, 좋아지다…… 그게 무슨 뜻인지 희미한 기억이 있을 뿐 지금은 전혀 알지 못했다.

우울감은 머릿속에서 덜컹거리고 삐걱댔다. 귀뚜라미는 생각했다. 이 감정은 중요한데…….

그는 편지를 몇 번 더 읽고 생각했다. 좋아지는 거야…… 여기에 분명히 그렇게 쓰여 있잖아.

어쩌면 이건 암호일지도 몰라, 그는 생각했다. 하지만 그렇다면 좋아진다는 게 무슨 뜻인지 아무도 모를 텐데.

그는 종이를 꺼내어 큰 글씨로 적었다.

나는 좋아져야 한다.

그는 그 종이를 벽에 걸었다.

계속 바라보면 알게 될지도 몰라, 그는 생각했다. 어쨌든 해야 하는 일이긴 해.

놀랍게도 그는 춤을 췄다. 아주 작은 춤동작이었지만 분명 춤이었다.

머릿속의 우울감은 분노에 차서 이마와 뒤통수 사이를 이리저리 뛰어다니는 모양이었다.

"쉿." 귀뚜라미는 말했다.

그는 벽에 걸린 문장을 읽고 또 읽었다. 해가 검은 구름 뒤로 사라지고 굵은 빗방울이 쏟아지기 시작할 때까지.

귀뚜라미의 치유

목소리들

귀뚜라미는 침대에 누워 있었다. 한밤중이었다. 바람이 거세게 몰아쳐 그의 집이 삐걱거렸다.

천장을 바라보던 귀뚜라미는 방 안 곳곳의 목소리들을 들었다.

"네가 어떻게 좋아질 수 있는지 알려줄게." 목소리들이 외쳤다. "너는 울어야 해. 너는 꿱꿱 울어야 해. 너는 쪼그라들어야 해. 너는 창백해져야 해. 너는 부어야 해. 너는 추측해야 해. 너는 스스로를 지워야 해. 너는 의심을 품어야 해……."

"그렇게는 못 하겠어!" 귀뚜라미는 외쳤다.

"꼭 그래야만 해!" 목소리들은 점점 더 크게 외쳤다.

창문이 벌컥 열리더니 거대한 케이크들이 방 안으로 날아들었다.

"먹어 치워!" 목소리들은 외쳤다. "게걸스럽게 먹어!"

날개와 지느러미도 방 안으로 날아들어, 귀뚜라미는 그것들을 몸에 붙이고 날고 헤엄쳐야만 했다.

"못 하겠어!" 귀뚜라미는 외쳤다. "그렇게는 못 하겠어!"

"꼭 해야만 해! 꼭 해야만 해!"

그때 그의 머릿속에서 우울감의 목소리가 천둥처럼 울려 퍼졌다. "멈춰!" 그 목소리는 말했다.

다른 목소리들이 사라지고 그의 창문은 다시 닫혔다.

하지만 어느 작은 목소리 하나만은 아직도 속삭이고 있었다. "너는 실수를 해야만 해……."

그 후 방 안은 조용해졌다.

귀뚜라미는 천장을 바라보았다. 천장이 그를 내려다보며 말했다. "그래, 귀뚜라미야, 그래……."

우울감이 머릿속에서 몸을 웅크렸다. 그러더니 잠이 들었다. 우울감도 힘들었을 거야, 귀뚜라미는 생각했다.

귀뚜라미는 우울감을 깨우지 않으려고 잠깐 동안만 조심조심 행복해했다.

그러다 그도 잠이 들었다.

 귀뚜라미의 치유

나는 다람쥐

"너 한 번이라도 나무에서 떨어져 본 적이 있니?" 코끼리가 다람쥐에게 물었다.

둘은 다람쥐의 집에 앉아 있었다. 그들은 차를 마시고 있었다. 저녁이 막 시작될 무렵이었다.

"아니." 다람쥐가 대답했다.

"그런데 넌 나무를 올라가잖아," 코끼리가 말했다. "그게 어떻게 가능해?"

"나도 몰라." 다람쥐가 말했다. 그는 정말로 몰랐다.

코끼리는 진지하게 차를 들여다보더니 전등에 매달려도 되겠느냐고 물었다. 그건 괜찮았다.

늦은 저녁 그는 다람쥐네 집의 잔해를 뒤로하고 너도밤나무 꼭대기에서 엄청난 소음과 함께 떨어졌다.

다음 날 그는 계획을 세웠다. 그는 다람쥐로 변장해 떡갈나무에게로 갔다.

"안녕, 다람쥐야." 지나가던 딱정벌레가 말했다.

"안녕, 딱정벌레야." 코끼리가 말했다.

딱정벌레가 멈칫하며 다람쥐에게 원래부터 코가 있었나 하고 궁금해해도 코끼리는 계속 걸으며 생각했다. 나는 정말 다람쥐다…….

그는 휘파람을 불었다. 이건 다람쥐가 부를 법한 노래야, 그는 생각했다. 그러면서 떡갈나무의 첫 번째 가지에 발을 올렸다.

자, 자, 그는 생각하며 말했다. "나야, 떡갈나무야, 나 다람쥐야. 나 잠시 위로 올라갈게……."

떡갈나무는 잎사귀를 흔들며 바람에 살랑거렸다.

코끼리는 나무 꼭대기까지 올라갔다. 거기에서 그는 숲 전체를 내려다보았다. 사막과 바다, 먼 산들도 보였다.

"나는 다람쥐다!" 코끼리가 외쳤다. "다람쥐다!"

그는 나뭇가지들 사이로 떨어지며 말했다.

"잠깐! 나는 다람쥐다! 나는 절대 떨어지지 않는다!"

큰 소리와 함께 땅에 떨어진 코끼리는 멍하니 누워 있었다.

다람쥐는 그가 떨어지는 것을 보고 달려왔다.

     귀뚜라미의 치유

코끼리가 눈을 뜨자 다람쥐가 서 있었다. "나 외쳤어." 코끼리는 신음했다.

"뭐라고 외쳤는데?" 다람쥐가 물었다.

"나는 다람쥐라고." 코끼리는 속삭였다.

다람쥐는 아무 말도 하지 않았다.

"그럼 뭐라고 외쳐야 했는데?" 코끼리가 물었다. 그의 눈에는 눈물이 맺혀 있었다.

다람쥐는 그를 조심스럽게 일으켜 세웠다. 그는 혹을 몇 개 쓰다듬어주고 구부러진 코를 펴주며 코끼리를 다시 코끼리다운 모습으로 만들어주었다.

"떨어지는 것은 문제가 되지 않아." 코끼리는 숲속을 한 걸음 한 걸음 걸으며 말했다.

"떨어지는 게 어떤지 아니?" 코끼리는 잠시 멈춰 서서 물었다.

"아니." 다람쥐가 말했다.

"무자비해." 코끼리는 말했다.

둘은 다시 조용히 숲속을 걸었다.

나은 상태

숲 한구석에서 참새가 수업을 하고 있었다.

그는 바빴다. 학생들 사이를 오가며 가르치고 있었다.

코끼리는 절대 떨어지지 않는 법을 배우기 위해 작은 나무에 올라가야 했다.

"나는 결코 못 배우는군!" 그는 나무에서 떨어질 때마다 외쳤다.

"희망을 잃지 마, 코끼리야." 참새가 힘차게 말했다. "거의 다 왔으니까."

귀뚜라미는 좋아지는 법을 배우고 있었다.

참새는 커다란 칠판에 이렇게 썼다.

좋아진다는 건 나은 상태가 되는 것

귀뚜라미는 그 말을 받아 적었다.

"아주 잘했어." 참새가 말했다. "이제 절반은 한 거야."

귀뚜라미의 머릿속 우울감은 삐걱거리고 있었다.

"이제 백 번 외쳐봐. '나는 좋아졌다' 하고." 참새가 말했다.

귀뚜라미는 시작했다. 그러나 다섯 번 외치고는 세는 것을 잊어버렸다.

"괜찮아." 참새가 말했다. "다시 시작해도 돼."

귀뚜라미는 다시 시작했다.

"이게 사는 거지!" 참새는 지저귀며 코끼리에게 날아갔다. 코끼리는 방금 또 떨어져 머리를 땅에 찧은 상태였다.

저녁이 되어 해가 졌을 때 코끼리는 더 이상 일어설 수 없을 지경이었다. 온몸이 혹투성이였다.

"정말 잘하고 있어, 코끼리야." 참새가 말했다. "귀뚜라미야, 너도 거의 좋아졌어."

코끼리는 끙끙거렸고 참새는 지금껏 이렇게 훌륭한 학생은 처음이라고 말했다.

귀뚜라미는 "나는 좋아졌다, 나는 좋아졌다, 나는 좋아졌다" 하고 말했다. 열 번쯤 외치고는 숫자를 또 잊어버렸지만 그는 다시 시작했다.

"내일 계속하자." 참새가 지저귀며 말했다. "케이크를 가져올게. 내가 떨어지지 않는 법과 아무런 노력 없이 좋아지는 법을 보여줄 게." 그는 즐겁게 이리저리 날아다니다가 사라졌다.

코끼리와 귀뚜라미는 아무 말도 하지 않았다.

어두운 숲길을 따라 귀뚜라미는 집으로 돌아갔다. 나는 이제 거 의 좋아졌어, 그는 우울하게 생각했다. 머릿속 우울감은 실제론 부 러질 리 없는 것을 부러뜨리려는 모양이었다.

코끼리는 거기에 그대로 누워 눈을 감고 있었다. 난 집에 안 갈 거야, 그는 생각했다. 난 내일 처음부터 다시 할 거야.

하지만 다음 날 아침 일어났을 때 그는 참나무가 바람에 흔들리 는 소리를 들었고, 더 이상의 수업은 필요 없다고 생각했다.

알 수 없는 것

귀뚜라미는 개미를 찾아갔다. 스산한 날씨였다.

"개미야, 난 좀 좋아져야겠어." 귀뚜라미가 말했다.

"그래." 개미가 말했다.

"근데 좋아지지가 않아."

"그렇군."

"나 너무 우울해……."

개미는 아무 말도 하지 않았고 귀뚜라미는 고개를 푹 떨궜다.

둘 사이에 긴 침묵이 흘렀다.

"만약 내가 좋아지지 않는다면," 시간이 흐른 뒤 귀뚜라미가 물었다. "그땐 어떻게 되는 거야?"

"그땐 다른 존재가 되는 거지." 개미가 말했다.

“다른 존재? 그게 뭐야?”

“뭔지는 나도 잘 모르겠어.” 개미의 목소리는 쉰 듯했고 표정은 진지했다.

“그럼 폭발이라도 하는 거야?” 귀뚜라미가 물었다. 우울감이 이마 안쪽에서 나무줄기 같은 무거운 물체로 두드려대고 있었다.

“아니, 폭발하지는 않아.”

“그럼 춤추겠네? 우울한 춤?” 그저 내뱉어본 말이었다.

“아니, 춤도 안 춰.”

귀뚜라미는 더 이상 다른 생각을 할 수 없었다.

둘은 작고 따뜻한 찻잔을 들었다. 개미의 집엔 먹을 것이 거의 없었다.

그들은 서로의 실수, 비 내리는 날, 그리고 슬픔에 대해 이야기했다. 개미는 슬픔이 무엇인지 설명했다. 귀뚜라미는 고개를 끄덕였다.

“나한테 있는 게 바로 그거야.” 귀뚜라미가 말했다.

이미 밤이 깊었지만 귀뚜라미는 일어날 수 없었다.

“안 되겠어.” 그는 말했다.

우울감이 너무 커져 이제는 몸을 움직이는 것조차 불가능한 듯했다.

“만약 내가 좋아지지 않으면,” 귀뚜라미가 물었다. “그때는 나도

 귀뚜라미의 치유

찢어지거나 시들어버리겠지?”

“그건 아무도 몰라.” 개미는 말했다.

개미는 자신도 그 해답을 알지 못한다고 설명했다.

“난 모든 것을 알아냈지만 그건 알 수 없더라.”

“추락하는 거구나?” 귀뚜라미가 물었다.

“넘겨짚지 마.” 개미가 말했다.

그 후로 둘은 조용히 침묵에 빠졌다. 그렇게 둘은 탁자에 머리를 얹고 잠이 들었다.

방해 금지

다음 날 귀뚜라미는 하늘소를 찾아갔다.

난 좋아져야 해, 귀뚜라미는 생각했다.

하늘소의 집 앞엔 이렇게 적힌 팻말이 걸려 있었다.

방해 금지

집에 없음

하늘소

귀뚜라미는 망설였지만 결국 문을 두드렸다.

"하늘소야." 귀뚜라미가 말했다.

집 안에서 낮은 소리가 들렸다.

방해금지
집에 없음

-하늘소-

“지금 날 방해하고 있군.” 하늘소가 말했다.

“나 너무 우울해.” 귀뚜라미가 말했다. “너무너무…….” 그는 집 안으로 들어갔다.

“아, 그래.” 하늘소는 말했다. “넌 확실히 좋아져야겠다.”

그는 어둠 속에서 모습을 드러내더니 귀뚜라미의 더듬이를 움켜쥐고는 머리 위로 세 바퀴를 휘둘렀다.

“우울하다고?” 하늘소가 말했다.

“응.” 귀뚜라미가 작게 말했다.

그러자 하늘소는 귀뚜라미를 벽으로 내던졌다. 귀뚜라미는 바닥에 찌부러졌다.

“좋아졌군.” 하늘소가 말했다.

그는 귀뚜라미의 코를 잡아채더니 문 밖으로 던져버렸다. 그러고 문을 쾅 닫았다. 귀뚜라미는 문 앞에 쓰러져 있었다. “나 좋아졌어.” 그는 신음했다. 그는 비틀비틀 몸을 일으키고는 뛰어오르려 했지만 실패했다. 그런데도 그는 기뻤다.

머릿속을 가득 채운 우울감이 사라져 있었다.

“좋아졌어!” 귀뚜라미는 외쳤다. “이젠 괜찮아!”

하지만 우울감은 이내 다시 그를 덮쳤다. 그것은 틈을 비집고 머릿속으로 기어들더니 다시금 귀뚜라미를 짓눌렀다.

소리치지 말았어야 했는데, 하고 귀뚜라미는 생각했다. 그냥 숨어 있을걸. 그러면 날 찾을 수 없었을 텐데.

그는 바닥에 주저앉았다. 이젠 실망스럽기까지 해, 귀뚜라미는 생각했다. 머릿속은 우울감으로 가득 차 있고 그 밖엔 실망감뿐이야.

귀뚜라미는 옆으로 쓰러졌다.

더는 못 하겠어, 그는 생각했다.

그럼에도 그는 다시 일어났다. 좋아져야 해, 그는 다짐했다. 반드시!

그는 하늘소의 집 앞 팻말을 다시 쳐다보았다. 그러니까 집에 없다 이거군, 그는 생각했다.

다시 문을 두드릴 용기는 없었다. 결국 그는 돌아서서 숲속으로 걸어갔다.

어떡해야 좋아질 수 있을까? 그는 생각했다.

머릿속의 우울감이 쓴웃음을 지으면서 속삭였다. "바로 그것이 문제야……."

울면 안 돼, 귀뚜라미는 스스로를 다독였다. 지금은 울지 말고 용기를 내야 해.

헤엄은 아프지 않아

그날 아침 코끼리도 하늘소를 찾아갔다. 뭔가 조치를 취해야 해, 코끼리는 생각했다. 그는 이제 발가락, 귀, 코끼리 코, 배에까지 혹이 생겼다. 몸의 어느 부분이든 한 번쯤은 거기서 찧었던 것이다.

그는 고개를 절레절레하며 눈에 음침한 표정을 띠더니 하늘소의 집 앞 팻말을 보지도 않고 넘어뜨렸다.

하늘소는 창문 너머에서 코끼리가 다가오는 것을 보았다. 또 시작이군, 그는 생각했다.

"하늘소야, 난 더 이상 떨어지고 싶지 않아." 코끼리가 말했다. "다시는 떨어지고 싶지 않아."

하늘소는 멀리 나무 위에 떠 있는 흰 구름을 응시했다.

"뭔가 다른 것을 하고 싶어." 코끼리는 계속 말했다. "그런데 뭘 해야 할지 모르겠어. 나무에는 오르기만 하면 떨어지고.”

하늘소는 하품을 했다.

“뭐라도 방법이 있지 않겠니?” 코끼리가 물었다.

“헤엄이지.” 하늘소는 말했다. 그는 기지개를 켜더니 침대에 누웠다. 눈은 감은 채였다.

코끼리는 문가에서 혼란스러워했다. 헤엄? 그는 생각했다.

“그러니까 나무를 오르는 대신에 말이지?” 그가 물었지만 하늘소는 대답하지 않았다. 대신 하늘소는 몸을 돌리더니 크게 코를 골기 시작했다.

코끼리는 다시 밖으로 나가 하늘소의 집 앞에 서서 깊은 생각에 잠겼다. 그러다 고개를 끄덕이고는 전속력으로 강으로 달려가 물속에 뛰어들었다. 그래, 나는 헤엄이 치고 싶었던 거야, 그는 생각했다.

코끼리는 강물 속에서 힘차게 헤엄치며 흐름을 따라 내려갔다. 그는 때때로 강둑으로 올라가고 싶은 마음이 들었지만 고개를 저으며 생각했다. 아니야, 나는 헤엄이 치고 싶어, 오직 헤엄만 치길 원해! 그러면서 그는 스스로를 다독였다. 맞아, 물에서는 떨어질 일이 없잖아.

해가 저물 무렵 그는 바다로 흘러들었다.

다음 날 아침이 되어도 그는 여전히 물속에서 헤엄치고 있었다.

몸은 이미 지쳐 머리만 간신히 물 밖에 내놓고 있었다. 그래도 나무에 오르지는 않았어, 그래서 떨어지지도 않았지, 하고 그는 스스로를 위로했다.

점심때쯤 그는 고래를 만났다.

"안녕, 코끼리야." 고래가 말했다.

"안녕, 고래야." 코끼리는 숨을 헐떡이며 대답했다.

"여긴 어쩐 일이야?" 고래가 물었다.

"나 헤엄치고 있어." 코끼리는 말했다.

"아, 그래?" 고래가 말했다.

"나 이제 나무에 오르고 싶지 않아." 코끼리는 말했다. "너 나무에 올라본 적 있어?"

"아니, 한 번도."

"떨어져본 적은?"

"떨어져본 적이라……." 고래는 말했다. 그는 한참 생각했다. 그는 사실 떨어지는 게 뭔지 몰랐다. "없어" 하고 그는 말했다.

"그래, 그럴 줄 알았어." 코끼리는 고개를 끄덕이며 말했다.

고래는 그를 데리고 멀리 떨어진 외딴 만에 가 미역이 든 짭짤한 차를 마셨다. 그곳에는 나무가 하나도 없었다. 다행이라고 생각한 코끼리는 고래에게 나무에 오르고 떨어지는 게 무엇인지 모두 이야

 귀뚜라미의 치유

기해주었다.

"아……." 고래는 거듭 말했다. "그거 정말 특별하겠는걸!"

"응, 특별하고말고!" 코끼리는 외쳤다. 참나무, 라임나무, 플라타너스에 대해 이야기할 때 그의 눈에는 눈물이 맺혔다.

"나무 꼭대기에서는 서 있을 수 있어." 그는 말했다.

"오, 그래?" 고래가 말했다.

"응." 코끼리는 말했다. "심지어 한 다리로도. 한 다리로 말이야, 고래야……!" 그러고 나서 그는 잠시 말을 멈추더니 차를 한 모금 더 마시고 말했다. "자, 다시 헤엄쳐 가야겠다."

고래는 손을 흔들며 그를 배웅했다.

코끼리는 천천히 바다 한가운데로 헤엄쳐 갔다. 헤엄은 전혀 아프지 않구나, 그는 슬프게 생각했다.

기적

동물들이 모여 귀뚜라미와 그의 우울감에 대해 이야기를 나누고 어떻게 하면 그의 상태가 좋아질 수 있을지 의논하고 있을 때 달팽이가 앞으로 나섰다.

"내가 방법을 알아." 달팽이는 말했다. "난 이미 좋아졌거든."

그는 물구나무를 섰다.

"훨씬 낫군!" 그는 외쳤다.

동물들은 아무 말 하지 않고 눈을 크게 뜬 채 그를 바라보았다.

달팽이는 옆으로 쓰러졌다가 다시 일어나더니 자신의 집을 부수기 시작했다.

"그러지 마!" 동물들이 소리쳤다.

"왜 안 되는데?" 달팽이가 대꾸했다. "집이 왜 필요하겠어? 이제

귀뚜라미의 치유

부터는 밖에서 살 거야. 난 이미 좋아졌으니까!"

그는 앞으로 달려가더니 너도밤나무에 부딪쳤다. 쾅 하고 큰 소리가 났다.

"봤니? 너도밤나무가 나에게 와서 부딪쳤어!" 그가 소리쳤다. "멍청하군, 멍청해……."

달팽이는 웃다가 뒤로 넘어지더니, 진흙 웅덩이에 빠졌다가 다시 일어났다. 그는 잠시 생각하더니 고개를 들어 하늘을 바라보고는 커다란 웃음을 지어 보였다. 그런 다음 그는 너도밤나무를 타고 올라가기 시작했다.

"그러지 마!" 동물들이 다시 외쳤다.

하지만 달팽이는 이미 나무 꼭대기에 도달해 있었다. 그는 더듬이로 서더니 아래로 떨어졌다.

땅에 닿기 직전 그는 두 개의 검은 날개를 펼치고는 천천히 퍼덕여 날아올랐다. "보고 있지!" 달팽이가 까악 소리를 내며 외쳤다.

동물들은 그를 보고 큰 충격에 빠졌다.

"저런 것을 기적이라고 하나?" 기적을 한 번도 본 적 없는 동물들이 물었다.

"아니야." 개미가 대답했다. 그러나 개미도 그게 무엇인지는 말하지 않았다.

달팽이가 시야에서 사라지자 개미는 "좋아지는 것도 여러 종류가 있어" 하고 설명했다. "케이크 종류가 다양한 것처럼 말이야." 그러자 곰이 고개를 끄덕였다.

"어떤 건 퀴퀴하거나 시큼한 맛이 나." 개미는 말했다. "진짜 '좋은' 건 달콤해. 꿀처럼 말이지."

멀리서 달팽이의 함성이 들려왔다.

갑자기 주위가 어두워졌다.

"내가 태양을 가렸다!" 달팽이가 소리쳤다.

동물들은 전율하며 서로서로 다가붙었다. 곰은 거북의 등딱지에 기대고는 중얼거렸다. "진흙 케이크는 정말 별로야……."

"뭐라고 했니?" 거북이 물었다. 거북은 달팽이와 그의 낯선 경솔함이 부끄러워 딱지 속에 몸을 숨기고 있었다.

"그리고 흙탕물로 만든 케이크도……." 곰이 중얼거렸다.

멀리서 큰 첨벙 소리가 들렸다.

곧이어 달팽이의 목소리가 들렸다. "헤엄쳐라, 강이여, 안 그러면 익사할 테니!"

사방이 잠잠해졌다.

고슴도치가 목청을 가다듬고 말했다. "다시 귀뚜라미 얘기로 돌아가서……."

   귀뚜라미의 치유

지금이 아니면 안 돼

그날 저녁 동물들은 밤새 회의를 했다. 모두가 한마디씩 한 끝에 결국 다 같이 귀뚜라미의 집으로 가기로 했다. 길고 긴 행렬이 숲속으로 구불구불 이어졌다.

귀뚜라미는 침대에 누워 천장을 바라보고 있었다. 머릿속에서 우울감이 그를 향해 욕을 퍼부었다. "바보야! 하찮고 쓸모없는 바보! 부끄러운 줄 알아야지!"

귀뚜라미는 무엇을 부끄러워해야 하는지 알 수 없었다. 아마 모든 거겠지, 그는 생각했다.

동물들이 그의 방으로 들어왔다.

"우리 모두 너를 위해 뭔가를 하러 왔어, 귀뚜라미야. 뭐리도 할게." 앞줄의 동물들이 말했다. "우린 그렇게 결정했어." 그들은 귀뚜라미의 손도 잡아주고 등도 두드려주었다.

뒤에 있던 동물들도 앞줄 틈으로 손을 뻗어 귀뚜라미의 손을 잡고 등을 토닥여주었다.

방이 꽉 차자 그들은 귀뚜라미를 위해 노래를 불러주었다. 그러고 그의 어깨에 묻은 먼지를 털어내고 더듬이를 닦아주었다.

비밀을 알고 있는 동물들은 그 비밀을 그의 귀에 속삭여주었고, 수수께끼를 아는 동물들은 그 답을 알려주었다.

어떤 동물들은 케이크를 굽고 귀뚜라미의 목구멍에 달콤한 꿀을 부어주며 그더러 매우 잘생겼다고 말했다. 또 어떤 동물들은 귀뚜라미의 탁자에 올라가 연설을 하며 그는 "소중한 존재"이고 "매우 특별하다" 말했다. 또 어떤 동물들은 아무 신경도 쓰지 말라고 그의 귀에 속삭였다.

귀뚜라미의 집은 동물들로 가득 찼는데, 밖에도 수백 마리의 동물이 그를 위해 무엇인가를 해주고 싶어 기다리고 있었다.

"이제 우리 차례야, 이제 우리!" 밖의 동물들은 외쳤다.

"조금만 기다려!" 집 안에 있던 동물들은 귀뚜라미를 위해 무엇인가를 더 해주며 말했다.

집은 차츰 벽에 금이 가더니 무너졌고, 지붕만이 사슴뿔 위에 그대로 얹혀 있었다. 귀뚜라미는 아무것도 알아차리지 못했다. 물소가

 귀뚜라미의 치유

그를 꽉 껴안고 용기를 불어넣으며 등을 두드려주고 있었기 때문이다.

"아야." 귀뚜라미가 말했다.

"그래." 물소가 대답했다. "다정한 격려쯤은 아무것도 아니야."

귀뚜라미의 집 앞에서는 코끼리가 플라타너스 나무에 올라갔다가 꼭대기에서 뛰어내렸다. "너에게 바치는 의식이야, 귀뚜라미야!" 하고 그는 소리쳤다. 그는 귀뚜라미가 들었기를 바랐다. 그러더니 그는 쾅 하고 땅에 떨어졌다.

동물들이 아직도 새록새록 나타났다. 바다코끼리도 강에서 나와 물었다. "그가 어디 있지? 어떻게 생겼어?" 그는 귀뚜라미를 매우 좋아한다고 말하고 싶어 했다. 공작도 귀뚜라미에게 자신을 한번 봐달라고 외쳤다.

이따금 귀뚜라미를 위해 특별히 사막에서 구운 케이크가 날아들기도 했고 저 건너 반대쪽 바다에서 구운 케이크가 날아들기도 했다.

구름이 태양을 가리자 비가 내리기 시작했다. 하지만 아무도 피하려 하지 않았다. "비는 언제든지 피할 수 있어." 코뿔소가 말했다. "하지만 상태가 좋아지는 건 지금이 아니면 안 돼."

몇 시간 후에야 동물들은 귀뚜라미를 위해 모두 한 가지씩 해주었다.

“이제 좋아졌어?” 귀뚜라미 근처에 있던 동물들이 물었다.

귀뚜라미는 고개를 들었다. 크고 슬픈 눈, 그는 대답하지 않았다.

“아니면 좋아질랑 말랑 해?” 그들이 다시 물었다. 하지만 귀뚜라미는 이번에도 아무 말 하지 않았다.

동물들은 그의 상태가 좋아지지 않았다는 것을 알았다. 이제 어쩌지, 그들은 생각했다. 그들은 서로를 바라보았다. 아무도 답을 몰랐다.

그러고 그들은 다시 집으로 돌아갔다. 그들은 길고 진지한 행렬로 서로를 뒤따라 걸었다. 우리는 최선을 다했어, 그들은 생각했다. 그건 확실해.

사슴은 여전히 귀뚜라미의 집 지붕을 이고 있었고 곰은 큰 버드나무 케이크를 등에 지고 있었다. 그가 이걸 좋아할 리 없잖아, 곰은 생각했다.

가는 길에 그들은 달팽이를 만났다. “혼란스럽군.” 달팽이가 중얼거렸다. “너무 혼란스러워…….” 그는 창백하고 지친 모습이었다. 그 이상 누구와도 말을 하고 싶지 않은 듯 그는 모두가 떠날 때까지 덤불 속에 기어들어 있었다.

귀뚜라미는 여전히 대자로 누워 있었다. 비가 억수같이 내리고 있었다. 우울감은 그의 머릿속에서 요동치며 그를 자꾸 괴롭혔다.

오직 다람쥐만이 그의 곁에 남아 그의 집을 다시 복구하려 했다. 다람쥐는 바닥으로 지붕을 씌워서 집을 만들었다.

밤은 깊어졌고 비는 계속 내렸다.

"다 됐다." 다람쥐가 말했다. 그는 귀뚜라미를 들어 집 안으로 옮기고 침대에 눕혔다.

다람쥐는 침대 발치에 앉아 귀뚜라미가 잠들 때까지 기다려주었다.

　　　　　　　　　　　　　　귀뚜라미의 치유

이건 해야만 해

코끼리는 참나무에 올라가고 싶었다. 그러나 가장 낮은 가지에 하마가 눈을 감고 기대앉아 있었다.

"좀 비켜줄래?" 코끼리가 말했다.

하마는 한쪽 눈을 뜨고 코끼리를 보더니 말했다. "안 돼."

"하지만 나 지나가야 하는데." 코끼리가 말했다.

"내가 먼저였어." 하마는 대답했다.

"비켜!" 코끼리가 소리쳤다.

"안 비킬 건데." 하마는 말했다.

코끼리는 얼굴이 새빨개져 발을 굴렀고, 하마를 화난 눈빛으로 쳐다보며 너도밤나무로 달려갔다. 그러나 너도밤나무의 가장 낮은 가지에는 딱정벌레가 앉아 코끼리를 막아섰고 라임나무에서는 두꺼비가 그의 길을 가로막았다.

"난 나무에 올라가고 싶단 말이야!" 코끼리는 소리쳤다.

모든 나무의 가장 낮은 가지마다 누군가 앉아 있었다. 심지어는 물고기도 숨을 헐떡이며 나무에 올라가 있었고 조금 떨어진 곳에는 잉어가 자리를 잡고 있었다. 누구도 길을 비켜주지 않았다.

결국 코끼리는 숲속 공터로 가 땅에 앉았다. 올라가야 해, 그는 생각했다. 이건 꼭 해야만 해!

그러나 그는 더 이상 제대로 생각할 수 없었다.

햇볕은 쨍쨍 내리쬐었고 참나무 꼭대기에는 지빠귀가 앉아 있었다.

"지빠귀야……." 코끼리는 앓는 소리를 했다.

지빠귀는 즐거운 노래를 한참 동안 부르면서 가볍게 춤을 추거나 때로는 한쪽 다리로 서 있기도 했다.

느닷없이 이상한 소리가 들려왔다. 마치 무언가 부서지는 소리 같았다.

내 안에서 무언가 부서졌어, 코끼리는 생각했다. 그는 자기 안에 무엇이 들어 있는지, 그것이 어떻게 부서질 수 있는지 전혀 아는 바가 없었다.

그러다 그는 숲속 공터까지 오르막을 오르더니 대낮에, 공중에

 귀뚜라미의 치유

거의 직각으로 솟아올랐다. 그의 몸은 새빨갛게 물들었는데, 그가
뿜어내는 빛은 멀리서도 보일 정도였다.

모든 나무의 가장 낮은 가지에 있던 동물들이 나뭇잎을 젖히고
놀란 눈으로 그를 바라보았다.

"저건 불가능해." 동물들은 외쳤다.

"이건 해야만 해." 코끼리는 하늘 높이에서, 가장 높은 나무의 꼭
대기보다 훨씬 위에서 외쳤다.

"그렇지만……." 동물들은 외쳤다.

그 순간 코끼리는 떨어졌다. 떨어지는 것도 해야만 해, 그는 절망
적으로 생각했다.

엄청난 소리가 울려 퍼졌다. 숲 전체가 흔들렸고 땅이 갈라졌으
며 강이 범람했다. 코끼리는 그렇게 세게 떨어져본 적이 없었다.

동물들은 나무에서 재빨리 내려와 코끼리가 빠진 구덩이로 달려
갔다. 그는 창백해 보였고 온몸이 부러지거나 찌부러져 있었다.

오랜 시간이 지나서야 그는 눈을 떴다. 그러나 여전히 움직일 순
없었다.

"다신 그러지 않을 거지?" 그는 동물들의 얼굴을 보며 속삭였다.

"안 그럴게." 동물들은 대답했다. "절대 다시는 안 그럴게." 그러
면서 그들은 고개를 떨구었다.

우울의 조각들

귀뚜라미는 침대에 누워 천장을 바라보고 있었다.

문을 두드리는 소리가 들리더니 다람쥐가 들어왔다.

"안녕, 귀뚜라미야." 그가 말했다.

"난 아직 좋아지지 않았어." 귀뚜라미가 말했다.

"그래." 다람쥐가 대답했다. 그는 침대 옆 의자에 앉았다. 그는 자신의 전등을 가져와 귀뚜라미에게 보여주었지만 귀뚜라미는 고개를 저었다. 그는 매달려서 흔들리고 싶지 않았다. 그 어떤 것도 하고 싶지 않았다.

다람쥐는 가끔 귀뚜라미의 침대를 흔들어주고 창문을 열고 닫고 해주며 무엇이 필요한지 물어보았다. 그러나 귀뚜라미는 아무것도 원하지 않았다.

 귀뚜라미의 치유

“너 아직도 안 갈 거야?” 시간이 지나자 귀뚜라미가 물었다.

“내가 가길 원해?” 다람쥐가 되물었다.

“아니.” 귀뚜라미가 대답했다.

다람쥐는 떠나지 않았다.

춥고 음산한 날이었다. 가끔씩 멀리서 “아야” 하는 소리와 함께 쿵 소리가 들려오기는 했지만 숲은 대체로 조용했다.

다람쥐는 귀뚜라미의 침대 옆에 앉아 오래도록 머물렀다. 그러다 그는 귀뚜라미의 머릿속을 들여다보는 것 같은 기분이 들었다. 귀뚜라미의 우울감이 커다란 회색빛으로 보였다.

아주 조심하면 저걸 잡을 수 있을지도 몰라, 다람쥐는 생각했다.

귀뚜라미는 침대에 누워 눈을 감고 꼼짝하지 않았다. 다람쥐는 조심조심 일어나 소리 없이 몸을 수그리고는 오른손을 천천히 뻗어 그 우울감에 손을 얹었다.

그것은 차갑고 미끈거렸다. 다람쥐는 몸이 떨렸다.

이것을 잡아야만 해, 그는 생각했다.

그는 왼손도 뻗어 조심스럽게 우울감에게로 가져갔다.

그러고서 그는 그것을 움켜잡았다.

“뭐야?” 귀뚜라미가 소리쳤다. “안 돼! 어디로?” 그는 벌떡 일어났다.

귀뚜라미의 머릿속에서 우울감이 맹렬히 저항했지만 다람쥐는 그것을 놓지 않고 힘껏 잡아당겼다. 귀뚜라미는 신음하며 몸을 흔들었고 다람쥐는 강하게 버티다 거의 공중으로 끌려갈 뻔했다. 그러나 그는 끝까지 놓지 않고 있는 힘을 다해 잡아당겼다.

그러자 우울감은 찢어졌다. 다람쥐는 뒤로 날아가 바닥에 쿵 찧었다. 그의 손에는 우울감의 큰 조각이 쥐여 있었다. 귀뚜라미도 뒤로 날아가 침대 옆 벽에 부딪쳤다.

다람쥐는 일어나 차갑고 미끈한 물체를 귀뚜라미에게 보여주며 그것을 천 개의 조각으로 찢었다. 그러고는 그것들을 들고 나가 땅속 깊이 묻었다.

"완전히 사라지지는 않았어." 다람쥐가 돌아오자 귀뚜라미는 말했다. "하지만 훨씬 작아졌어." 그는 다람쥐를 진지하게 바라보았다.

다람쥐는 여전히 숨을 고르는 채로 다시 자리에 앉았다.

그 후 다람쥐는 남은 우울감을 다시 잡으려 했으나 그것은 너무 작아져 귀뚜라미의 머릿속 캄캄한 구석으로 쉽게 숨어버렸다.

"이제 됐어." 귀뚜라미는 말했다.

어둠이 내려앉자 다람쥐는 집으로 돌아갔다.

땅속에서 두더지의 외침이 들려왔다. "이게 뭐람?"

"우울의 조각들." 다람쥐가 대답했다. "그냥 내버려둬!"

"아하" 하고 두더지는 말하며 지렁이에게 달려가 방금 발견한 우울한 것들에 대해 경고했다.

다람쥐는 그 조각들을 다시 땅에서 꺼내어 먼지처럼 부숴버렸다. 작고 검은 먼지 톨들은 더 이상 해를 끼칠 수 없었다. 그는 그것들을 날렸고 바람은 그것들을 아무도 없는 먼 곳으로 실어 갔다.

내일은 뭔가 새로운 것을 시도해봐야지, 다람쥐는 생각하면서 길을 걸어갔다. 그러나 무엇을 할지 그는 아직 몰랐다.

 귀뚜라미의 치유

훨씬 아름다운 것

"생각이란 정말 아름다운 일이야, 다람쥐야." 코끼리가 다람쥐에게 말했다. 그들은 여름 어느 아침 너도밤나무 아래에 앉아 있었다.

다람쥐는 고개를 끄덕이며 저 먼 곳과 졸깃한 너도밤나무 열매를 떠올렸다.

"지금 나는 참나무에 올라가는 생각을 하고 있어." 코끼리가 말했다. "지금 막 가장 낮은 가지에 올라섰다고 생각 중이야."

다람쥐는 아무 말도 하지 않았다.

"그런데 지금은 참나무의 중간까지 왔다고 생각 중이야. 저절로 진행되나 봐!" 코끼리가 말했다. 그는 코를 휘둘러대며 벌떡 일어섰다. 그는 귀를 펄럭거렸다.

"또 지금은 참나무 꼭대기에 도달했다고 생각 중이야." 코끼리가 외쳤다. "태양이 비치고 있어. 내가 숲 전체를 내려다보고 있어. 안녕, 지빠귀야! 안녕, 제비야! 안녕, 다람쥐야! 내가 너를 부르고 있어. 너는 아주 작은 점 같아. 그거 알고 있니?"

"아니." 다람쥐는 말했다. 그는 편안히 뒤로 기대어 꿀과 밤이 들어간 졸깃한 너도밤나무 열매를 다시 생각했다. 그는 하늘 높이 떠 있는 하얀 구름을 바라보면서 혀로 입술을 핥았다.

"지금은 절대 떨어지지 않는다고 생각하고 있어. 나는 더 이상 떨어지지 않을 거야." 코끼리가 말했다. "생각이란 정말 쉬워…… 전혀 어려울 게 없어!"

"그래." 다람쥐는 말했다.

"또 지금은 참나무 꼭대기에서 한 발로 서 있다고 생각하고 있어. 주변을 향해 소리치고 있어……." 코끼리가 말했다.

그는 갑자기 입을 다물었다. 다람쥐는 코끼리가 이마에 두꺼운 주름을 잡고 겁에 질린 눈으로 주위를 두리번거리는 것을 보았다.

그러더니 코끼리는 눈을 꼭 감고 가늘게 신음했다.

"지금은 무슨 생각을 하고 있니?" 다람쥐가 물었다.

"아무것도." 코끼리가 말했다. 그는 뒷머리를 문질렀다.

다람쥐는 더 이상 묻지 않았다. 그는 너도밤나무 아래에 묻어둔 달콤한 보리수 껍질 조각을 꺼내어 코끼리에게 건넸다.

“생각하는 것 말고 또 뭐가 있을까?” 코끼리는 보리수 껍질을 한 입 먹고는 그 껍질이 정말 맛있다고 말한 뒤 물었다. “그러니까, 훨씬 아름다운 것이?”

그러나 다람쥐는 그런 것은 들어본 적이 없었다.

제대로 비추기

태양은 하늘 높이 떠 있었다.

내가 제대로 비추고 있는 걸까? 그는 생각했다. 그는 결코 확신이 서지 않았다. 때로는 강하게, 때로는 약하게 비추었지만 그것이 옳은지 알 수 없었다. 그는 온종일 그 고민을 했다.

저녁이 되면 그는 빛을 비추느라 늘 지쳐 있었지만 사실 생각하느라 더 지쳐버렸다. 그는 지평선 너머로 내려가자마자 잠에 빠졌다. 저 너머가 어떻게 생겼는지는 알지 못했다.

잠이 깨면 그는 벌떡 일어나서 자기가 어디에 있는지 잠시 어리둥절해하다가 급히 어딘가에 솟아올라 다시 빛을 비추기 시작했다. 그러면 아침이 되었다. 그는 아침을 좋아했다. 왜 늘 아침일 수는 없을까? 하고 그는 자주 생각했다. 그는 그 이유를 이해할 수 없었다.

귀뚜라미의 치유

때때로 구름이 나타나 그의 앞을 가렸다. 그러면 그는 이제 어쩌지? 하고 생각하며 뜨거운 뒷머리를 광선으로 긁적거렸다.

아, 그래, 하고 잠시 후 그는 생각했다. 앞으로 나서야지, 내가 앞으로 나서야지. 그러고 그는 구름 뒤에서 기어 나왔다.

저 아래 멀리 세상이 보였다. 그는 사막, 숲, 반짝이는 물결의 강, 초원, 바다를 보았다.

그는 또한 작은 점들이 움직이거나 가만히 있는 것도 보았다. 그 점들은 때로는 모두 모여 서로를 중심으로 빙빙 돌았고 때로는 날아오르거나 물속으로 사라졌으며 때로는 갑자기 어딘가에서 떨어지기도 했다.

그것들이 무엇인지 태양은 정확히 알지 못했다. 먼지일까? 별 같은 것일까?

태양은 눈살을 찌푸렸다. 내가 제대로 비추지 못하고 있구나, 그는 생각했다. 나는 분명 제대로 비추지 못하고 있어. 그렇다면 어떻게 비춰야 할까? 누구에게 물어봐야 할까? 달에게는 물어볼 수 없었다. 달은 질문만 알지 답은 몰랐다. 그리고 달처럼 그렇게 창백하고 움푹 꺼진 모습으로 비추는 것은 태양이 절대 원하지 않는 것이었다.

그는 물어볼 존재가 아무도 없었다.

나는 빛을 비춰야만 해, 그 사실은 그도 확실히 알았다. 하지만 내가 아는 것은 그것이 전부 같은데, 하고 그는 생각했다. 그는 다시 다른 방식으로 비춰보려고 했다. 조금 더 선명하게, 조금 더 부드럽게, 혹은 일렁이는 빛으로.

태양 노릇은 정말 낯설어, 그는 생각했다. 그것이 얼마나 낯선지 아무도 몰라.

그는 환히 타오르며 조금 더 밝고 선명하게 빛을 냈다. 아, 그는 생각했다. 이제야 제대로 비추고 있는 것 같네. 계속 이렇게 비춰야겠다. 그럴 수만 있다면……!

강물은 반짝였고 작은 점들은 온통 드러누워 있었다.

여름이었다. 하늘 높이 태양이 떠 있었다.

사라졌다

이른 아침, 귀뚜라미는 깜짝 놀라 잠에서 깼다. 창문을 통해 햇살이 방 안에 들고 있었다. 먼지들이 그의 책상 위를 떠다니며 춤을 추고 있었고 벽에는 동물들이 보낸 격려와 다정한 문구가 적힌 메모들이 걸려 있었다. '우울 뒤엔 즐거움이 온다'라든가 '너는 가장 아름답게 귀뚤거리는 귀뚜라미야' 같은 글귀들이었다.

귀뚜라미는 벌떡 일어섰다.

무언가 이상했다. 아주 이상했다. 그런데 그게 뭘까?

그는 주위를 둘러보았다. 바닥, 천장, 문, 옷장, 책상, 의자, 창문이 보였다. 모든 것이 평소와 같았다.

커튼이 아침 바람에 살랑살랑 흔들리고 있었다.

그러다 그는 알아차렸다.

머릿속의 우울감이 사라진 것이었다. 머리가 텅 비어 있었다. 생각들이 조심스럽게 틈새와 구멍에서 기어 나와 익숙지 않은 듯 그 텅 빈 공간을 서성였다.

사라졌어! 귀뚜라미는 생각했다.

그는 다시 한 번 주위를 둘러보았다. 혹시 어딘가에 아직 남아 있는 건 아닐까? 그는 조심스럽게 침대 밑, 옷장 안, 책상 밑, 그리고 초록색 코트의 소매 안까지 살펴보았다. 그러나 우울감은 완전히 사라지고 없었다. 흔적조차 남기지 않고.

귀뚜라미는 책상 위로 뛰어올랐다. "배고파!" 그는 외쳤다. "배고파!" 그는 옷장에서 커다란 버드나무 설탕 항아리를 꺼내어 한 번에 다 먹어 치웠다.

"귀뚤거려야지!" 그는 외쳤다. 그리고 문 앞에 앉아 귀뚤귀뚤 소리 내기 시작했다.

숲속의 동물들이 모두 귀를 쫑긋 세웠다.

"저게 누구람? 저렇게 귀뚤거리는 게?" 그들은 서로 물었다. "귀뚜라미야? 그 우울하던 귀뚜라미?"

시끄럽고 격렬하게, 귀뚜라미는 그렇게 몇 시간을 귀뚤거렸다.

멀리서 가까이서 동물들이 그를 보러 몰려왔다.

오전이 끝날 무렵 귀뚜라미는 다시 배가 고파 귀뚤거리기를 멈췄

    귀뚜라미의 치유

우울 뒤엔
즐거움이
온다!
너는
가장 아름답게
귀뚤거리는
귀뚜라미야.

다. 그는 잠시 그 우울감에 대해 생각했다. 그것이 다른 누군가의 머릿속으로 들어간 건 아닐까 걱정이 되었다.

그는 옷장에서 엉겅퀴 꿀 항아리를 꺼내어 세 입 만에 비우고는 지붕 위로 올라갔다. 그는 주위를 둘러보며 말했다. "나 좋아졌어."

"어떻게?" 하고 딱정벌레가 물었지만 귀뚜라미는 듣지 못했다. 다른 동물들이 모두 환호성을 지르고 있었기 때문이다.

환호가 끝나자 코뿔소가 목소리를 가다듬고 물었다. "어떻게 좋아진 거야?"

모두가 귀뚜라미를 바라보며 궁금해했다.

귀뚜라미는 잠시 머뭇거리더니 앞줄에 서 있던 개미에게 몸을 기울여 작은 소리로 물었다. "내가 대체 어떻게 좋아졌지?"

"그냥." 개미가 낮은 목소리로 대답했다. "그냥 그렇게 말해. 그게 제일 쉬워."

"그냥." 귀뚜라미가 말했다. "그냥 좋아졌어."

그는 벌떡 뛰어올라 날개를 펼치더니 지붕에서 땅으로 날아 내렸다. 그러고는 외쳤다. "난 두 번 다시 우울해지지 않을 거야!" 그는 더듬이를 흔들고 눈을 반짝거렸다.

하늘은 파랬고 참나무 꼭대기에는 코끼리가 서 있었다. 아침 햇살 속에서 회색의 몸이 빛났다. 그는 귀뚜라미가 외치는 소리를 듣

    귀뚜라미의 치유

더니 몸을 반쯤 돌려, 보리수 아래에 서 있는 귀뚜라미를 바라보았다. 그러고는 외쳤다. "나도 절대로 두 번 다시……."

그의 나머지 말은 나뭇잎들이 바스락거리는 소리, 가지들이 삐걱거리는 소리, 그리고 따뜻한 햇살에 묻혀 사라졌다.

기억들

겨울이었다. 동물들은 숲 한가운데 참나무 아래에서 서로 꼭 붙어 앉아 있었다. 그들은 두꺼운 모자와 외투를 입고서 따뜻한 꿀과 너도밤나무 열매 파이를 먹고 있었다.

모두가 즐겁고 만족스러웠다. 추워지면 서로의 등을 쓰다듬어주거나 손과 날개에 입김을 불어주었다.

개미가 귀뚜라미 옆에 앉더니 물었다. "그 우울감 있잖아……."

"어떤 우울감?" 귀뚜라미가 물었다.

"네 머릿속에 있던 그 우울감 말이야……."

귀뚜라미는 눈살을 찌푸리고 깊이 생각했지만 머릿속에 우울감이 있었다는 사실을 더는 기억할 수 없었다. "나한테 그런 게 있었나?" 그는 물었다.

귀뚜라미의 치유

개미는 아무 말 없이 땅을 쳐다보았다.

바람이 불어오자 동물들은 더 가까이 붙어 앉았다. 펭귄에게서 온 편지가 나뭇잎처럼 날리다 떨어졌다. 그 편지에는 자기도 오고 싶은데 그러려면 눈이 먼저 내려야 한다는 내용이 적혀 있었다.

하늘은 잿빛으로 무겁게 내려앉아 있었다.

개미가 자리에서 일어나 목소리를 가다듬더니 아무도 기억나는 것이 없느냐고 물었다.

잠시 고요가 흘렀다. 바람이 잦아들었다.

기억…… 동물들은 생각했다. 기억……. 하지만 아무도 그것이 무엇인지 알지 못했다.

"혹시 소리 같은 거니?" 개구리가 물었다.

"뭔가 느린 거야?" 달팽이가 물었다.

개미는 기억이 무엇인지 설명했다. 그러나 기억으로 무엇을 할 수 있느냐고 동물들이 묻자 그는 어깨를 으쓱하며 대답했다.

"그건 나도 몰라. 아마 아무것도 할 수 없을지도 몰라."

동물들은 다시 서로의 팔이며 날개를 감싸안고는 생각을 멈췄다. 몇몇 동물은 자리에서 일어나 춤을 추기 시작했다.

개미는 땅을 쳐다보았다.

기억들이 두꺼운 구름처럼 그의 주위를 맴돌고 있었다.

그는 먼 곳, 바다, 희귀 동물들의 생일, 다람쥐와 나눈 긴 대화들, 그리고 여름을 기억했다.

여름…… 그는 생각했다.

귀뚜라미가 벌떡 일어섰다. "왜인지는 모르겠어." 그가 귀뚤거리며 말했다. "하지만 너무 즐거워."

동물들은 손이며 날개로 박수를 쳤다.

코끼리가 자리에서 일어나 잿빛 구름에 덮인 참나무 꼭대기를 올려다보았다. 안 돼, 그는 생각했다. 안 돼. 그는 다시 앉았지만 금세 또 일어나 위를 올려다보았다.

그렇게 동물들은 한겨울 추운 날 숲 한가운데 참나무 아래에 모여 있었다. 귀뚜라미는 기쁘게 귀뚤거렸고 코끼리는 위를 올려다보며 한숨을 내쉬었다. 그리고 개미는 아무도 모르게 어둠 속으로 걸어 나갔다.

눈이 내리기 시작했다. 커다란 눈송이들이 천천히 떨어져 검은 땅 위에, 나뭇가지 위에, 관목 위에, 덤불 위에, 그리고 동물들의 어깨와 머리 위에 쌓였다.

기억들이 개미의 주위에 몰려들어 그의 목과 눈을 콕콕 찔렀다. 떠나야만 해, 그는 생각하며 숲을 빠져나간 다음 얼어붙은 강을 건너 먼 곳으로 사라졌다.

　　　　　　　귀뚜라미의 치유

옮긴이의 말

오랜만에 톤 텔레헨의 숲속 동물들을 우리말로 옮기며 다시금 그의 세계에 깊이 빠져들었다. 엉뚱하면서도 철학적인 동물들의 이야기를 여러 차례 소개해왔지만, 『귀뚜라미의 치유』는 번역하는 내내 유독 내 마음의 안부를 자주 묻게 만든 특별한 작품이었다. 웅크렸던 계절이 지나고 볕이 제법 따스해진 이즈음, 이 책을 소개하게 되어 더욱 뜻깊다.

하지만 역설적이게도 주인공 귀뚜라미는 세상이 가장 환하게 빛나는 순간, 이유를 알 수 없는 마음의 무게를 마주한다. "내 머릿속엔 커다랗고 확고한 감정이 있어." 귀뚜라미가 숲속 친구들에게 건네려 했던 담담한 독백은 오래도록 내 마음을 붙들었다. 귀뚜라미는 처음에 이것을 그저 "이상한 것", 혹은 "무미건조한 것"으로 여긴

다. 그러다 지나가던 개미가 "너는 우울한 거야"라고 말하자, 귀뚜라미는 "난 행복한걸!" 하고 답한다.

어쩌면 우리는 귀뚜라미처럼 '행복'과 '우울'이 공존할 수 없다고 믿는지도 모른다. 하지만 개미의 말처럼 "누구나 문제 하나쯤은 있는 존재"이기에, 행복한 일상 속에서도 예고 없이 무거운 감정이 찾아와 우리 머릿속에 머문다. 흥미로운 점은 귀뚜라미의 태도다. 그는 개미를 통해 그 감정의 이름이 '우울'임을 알게 되지만, 그것을 억지로 떼어내려고 애쓰지 않는다.

우리는 흔히 우울이나 슬픔이 찾아오면 빨리 극복해야 할 문제, 혹은 털어내야 할 먼지처럼 여기곤 한다. 하지만 귀뚜라미는 "커다랗고 확고한 우울감"을 머리에 이고 묵묵히 숲을 걷는다. 무언가 잘못된 것이 아니라, 그저 손님처럼 그 감정을 있는 그대로 바라보는 것이다.

바쁜 일상을 사는 우리는 스스로의 마음을 돌보는 일에 종종 서툴다. 때로 "힘내"라는 말보다 "지금은 힘을 낼 수 없어"라는 인정이, 그리고 내 안의 감정에 정확한 이름을 붙여주는 일이 더 깊은 위로가 되기도 한다. 숲속 친구들이 귀뚜라미를 다그치지 않고 그저 곁을 지켰듯, 나 역시 이번 번역을 통해 내 안의 확고한 감정들이 스스로 작별을 고할 때까지 다정하게 기다려주는 법을 배웠다.

마지막 장을 덮을 즈음, 독자 여러분의 마음에도 따스한 봄볕 같은 안도감이 스며들기를 바란다. 세상이 아무리 소란하고 마음의 짐이 버겁게 느껴지는 날이라도, 우리 안의 귀뚜라미는 결국 자신만의 속도로 치유의 길을 찾아낼 것이다. 다시 찾아온 봄, 이 책이 여러분의 마음을 가만히 두드리는 다정한 인사가 되기를 소망한다.

2026년 3월 정유정

귀뚜라미의 치유

옮긴이 정유정

고흐와 렘브란트, 스피노자와 데카르트 등을 통해 알게 된 자유와 개방의 나라 네덜란드.
그 호기심은 한국외국어대학교 네덜란드어과와 네덜란드 레이던 대학교에서의 공부로 이어졌다.
졸업 후 네덜란드교육진흥원을 거쳐, 현재 주한 네덜란드대사관에서 일하고 있다. 옮긴 책으로
『코끼리의 마음』, 『다람쥐의 위로』, 『한 번쯤 내 생각을 하긴 하니?』, 『멀리 갈수록 세상은 더 넓어져』,
『귀뚜라미의 치유』가 있다.

그린이 김고둥

대학에서 서양화를 전공하고, 대학원에서 그림책을 공부했다. 출판과 광고 등 다양한 분야의 작업을
해 왔다. 그린 책으로 『고슴도치의 행복』, 『귀뚜라미의 치유』, 『고슴도치의 소원』, 『코끼리의 마음』,
『다람쥐의 위로』, 『한 번쯤 내 생각을 하긴 하니?』, 『멀리 갈수록 세상은 더 넓어져』 등이 있다.

귀뚜라미의 치유

1판 1쇄 인쇄 2026년 3월 11일
1판 1쇄 발행 2026년 3월 25일

지은이 톤 텔레헨 **옮긴이** 정유정
펴낸이 김영곤 **펴낸곳** (주)북이십일 아르테

책임편집 원보람 **문학팀장** 김지연
일러스트 김고둥 **교정교열** 이승학 **디자인** 김단아
출판1본부 본부장 장미희
마케팅 남정한 김윤
해외기획 홍희정 소은선
마케팅영업부문 본부장 정지은
영업 강경남 김도연
제작 이영민 권경민

출판등록 2000년 5월 6일 제406-2003-061호
주소 (우 10881) 경기도 파주시 회동길 201(문발동)
대표전화 031-955-2100 **팩스** 031-955-2151

아르테는 (주)북이십일의 문학 브랜드입니다.

ISBN 979-11-7357-850-2 (04890)
      979-11-7357-844-1 (세트)